— 書き下ろし長編官能小説 —

つゆだく熟女めぐり

庵乃音人

竹書房ラブロマン文庫

目次

※この作品は竹書房ラブロマン文庫のために
書き下ろされたものです。

第一章　さわやか妻の欲望

1

（やばい。旨《うま》すぎ……）

西野《にし》敦《のあつし》は、感激した。

ほっぺたが落ちそうとはまさにこのこと。

もともとこの人は素人《しろうと》ばなれした達人だったが、プロになってますます腕が上がったようだ。

「どう、西野」

勝村《かつむら》修《おさむ》がカウンターの向こうから声をかけてくる。

現在三十八歳の店主は、敦より九歳も年上のかつての先輩社員。三年前に脱サラをし、念願の自分の店を持った。

「旨いです。最高です」

カウンターにかけた敦は、絶品のチキンカレーに舌鼓《したつづみ》を打ちながら感想を言う。

世辞ではなかった。

勝村の作るスパイスカレーは、自他ともに認めるグルメである敦を感心させるものであった。

だが勝村は言う。

「お世辞はいいぞ」

「いや、違いますって」

「あはは」

厨房《ちゅうぼう》スペースで忙しそうに動きながら勝村は笑った。

会社員時代は不摂生がたたっていくぶん太り気味だったが、今は別人のようにやせて精悍さが増している。

好きなことを仕事にすると顔つきも体つきも変わるのだなと敦は思った。年齢的なこともあるのか、このごろ少しずつ肉がつきはじめてきた自分を思い、自虐的な気持ちになる。

「お世辞じゃないです。すごいですね、勝村さん。ターメリックにクミン、コリアンダー……でもって、カイエンペッパーにガラムマサラ、シナモンやクローブが入っているのは分かるんですけど、この隠し味はなんだろう……」

目を閉じてカレーを咀嚼《そしゃく》しながら敦は必死に考えた。

「しょうが……パクチー……もちろんニンニクも入っているけど……うーん、俺ではこの味は出せません」

「素人に出されたら困るよ。あはは」

「なんですか、この隠し味は」

「教えるわけないだろ。企業秘密だよ企業秘密」

「ですよね……それにしても旨い」

「ありがと。あはは」

勝村と話をしつつ、なおもチキンカレーを堪能する。

忙しくなる昼飯時よりかなり早めに入店したが、十二人も入れば満席の小さな店は、早くもほとんどいっぱいだ。

カウンターと、小さなテーブルが三つ。

古い商店街にあるこのカレー店は、廃業した大衆食堂の店舗をリフォームして作ったといい、昭和レトロな趣《おもむき》を持っていた。

北関東X県。

勝村の店は、その北部にあるK市の駅前からほど近い距離にある。敦は休日を利用して、久しぶりに勝村の店を訪ねた。

楽しそうに働く勝村を見ていると、心底うらやましい。自分もこんな店が持ちたいと、このごろ時間があれば夢想することを、美味なカレーを咀嚼しながら、今日もまた敦はしみじみと思った。

敦は東京都内に本社を持つ一流IT企業で働く営業担当社員。

幸運にも新卒で入れたその会社で日々汗水をたらして働いていたが、個人的な業績はこのごろ低迷気味だった。

いや、正確に言うなら「このごろ」ではない。以前から、そもそも営業という職種があっていない気がしていた。

かねてより異動願いを出してはいたが、なかなか思うようにはならなかった。

もちろん会社も考えてくれてはいる。

かつては新規顧客を精力的に開拓していくことをミッションとする部署に配属され

ていたが、現在はすでに取引をつづけている顧客にさらなる営業をかけることを仕事とするルート営業部門で仕事をしている。

どちらが向いているかは人それぞれ。

だが、敦は今の仕事のほうがまだあっていた。しかしそれも比較の問題であり、根本的に向いているかどうかといえば話は別だ。

会社を辞めたい気持ちが日に日に増していた。

では辞めてどうするつもりなのかと聞かれたら、料理人になり、自分の店を持ちたいと返すだろう。それが敦の今の夢だ。

――思いきって脱サラするか！

そう考えはじめたとたん、休日のすごしかたががらりと変わった。

それまではだらだらとすごしてしまうことが少なくなかったが、県内の有名な料理店をあれこれと回って自分なりに研究を開始したのだ。

そんな中、こうして訪ねたのがかつての先輩社員、勝村の店。

自分もやってみたいのだがという相談もかねて、久しぶりに会おうとして訪ねてきたのである。

ちなみに敦が暮らすのはX県でいちばんの大都市であるZ市。Z市からここまでは車で二時間ほどかかった。

(それにしても旨い)

チキンを嚙《か》みしめれば肉汁がじゅわっと滲みだし、口の中いっぱいに広がった。各種のスパイスと混じりあったチキンの旨みは得も言われぬ絶妙さで、敦はついうっとりとしてしまう。

(やっぱりうらやましい)

なおもカレーを食べながら、敦はあらためて店内を見回した。

坪数は決して大きくはないが、最初は自分もこんな店から始めたいと思わせるものがあった。

なによりも、すぐそこで活き活きと仕事に精を出す先輩の姿に、まぶしいほどの憧れを感じた。

最愛の人と手に手をたずさえてこんな生き方ができるだなんて、これを幸せと言わずして何をかいわんやである。

(そういえば遅いな、絵里《えり》先輩)

敦はふと、その人のことを思いだした。

絵里とは、勝村の奥さんである。

社内恋愛の末に四年前に結婚した美熟女だ。

「いらっしゃいませ。あら、いらっしゃい」

（あっ……）

そのとき、店の入口の引き戸が開き、鈴を転がすような声がした。振り返ると、懐かしいその人は、手違いで不足していたという食材の入ったレジ袋を手に、笑顔で客たちに挨拶をしながらこちらに来る。

「……まあ！」

振り返り、ニコニコと会釈をする敦に驚き、人妻は目を見張った。

勝村絵里、三十七歳。

色白で、男好きのする癒やし系の顔立ちをしたむちむち熟女。

会社でOLとして働いていたころから肉感的な女性だったが、久しぶりに会ってみると、さらにもっちり感が増していた。

三十七歳という、今が熟れごろの年齢のせいもあるだろう。

「西野くん」

いきなりパッと花が咲いたかのようだった。

絵里は白い歯をこぼし、幸せそうに相好をくずして近づいてくる。見れば厨房の中では、勝村も照れくさそうに笑っていた。

「久しぶり、西野くん。どうしたの」

人なつっこい調子で、絵里は微笑《ほほえ》んだ。この愛らしい性格が、かつて社内では男性社員たちのひそかな憧れの的だった。

勝村との恋愛は秘密裏に進み、ふたりの結婚が発表されたときは、少なからぬ数の男性社員が悲鳴をあげたものだ。

まだ年齢が若かったせいもあり、敦はそんな人間模様を、少し距離を置いて眺めていたが。

そんな、他の男性社員とはちょっぴり異なる敦に、絵里も弟のような親近感をおぼえていてくれたのかもしれない。

あのころもペットでも愛《め》でるように頭を撫でられたり、完全に年下扱いであれこれと、「いい？　女っていうのはね……」などとアドバイスをされたりした。

そんな思い出の数々が脳裏によみがえり、敦はノスタルジーにかられる。

「ねえ。なによ、いきなり」

「はい、まあちょっと」

他の客の手前もあり、久しぶりに訪ねた理由をここで口にするのははばかられた。敦は照れ隠しにかゆくもない頭をかき、懐かしそうに微笑む絵里にドギマギとする。

（相変わらずきれいだな）

久しぶりの再会に照れくささをおぼえつつ絵里を見た。

小さな小顔は卵形。

やや垂れ目がちの両目がチャーミングで、その目は笑うと、さらに細くなっていっそう垂れる。

丸っこい鼻梁《びりょう》と、ぽってりと肉厚なピンクのくちびるに、親近感とセクシーさの双方を覚える。

昔はショートだった栗色の髪はかなりロングになっていたが、今は仕事中なので、ポニーテールにまとめられていた。

相変わらずの、抜けるような肌の白さにもなつかしさをおぼえる。

（それに……）

敦はこっそりと唾《つば》を呑んだ。

（相変わらず……おっぱい大きい）

決してそんなところを見てはいませんというような紳士な態度を装いつつ、本能に負けてチラチラと、絵里の胸もとに視線を走らせた。

ベージュのシャツに黒いパンツ、茶色のエプロンという、勝村とそろいのユニフォーム姿。

その胸もとをはちきれんばかりに盛りあがらせるたわわな乳房の存在感は、OL時代から男泣かせだった。

(もしかしたら……)

こんな風に思うことは、勝村に対する冒涜《ぼうとく》以外のなにものでもない。

だがひょっとしたら、常連客の中には絵里のこのおっぱいが目当てで通っている不届き者もいるのではないかと勘ぐりたくなるほどセクシーな魅力があった。

「西野くん、ゆっくりできるの？　あとで少し話できる？」

OL時代には、なにかと可愛がってもらったものだった。

懐かしさを隠そうともせず、小声で問いかけるかつての先輩OLに、敦は何度もうなずいて意思表示をする。

(お尻もすごいんだよな)

軽快な足取りでうれしそうに厨房に入っていく絵里のうしろ姿をさりげなく見た。

ブラックのパンツの臀部もまた、乳と同様パツンパツンに張りつめている。

もう少しゆったりとしたサイズのパンツをはいたらどうかと、つい意見をしたくなるほどだ。

パンツの中で大きなお尻が窮屈そうに薄い生地を盛りあがらせている。

パンティのラインまでうっすらと見えてしまっているのは、どう考えてもまずいだろう。

もちろん絵里に他意はないはず。

しかしこんな官能的なヒップを見せられる客は、はっきり言ってたまったものではない。

(あ……)

厨房の向こうでカレーを作る勝村とふと視線があった。

親しげに笑ってみせる勝村に、敦は小声で「先輩」と呼びかける。絵里のお尻のことを考えていた引け目から、ちょっぴり声がうわずった。

「うん?」

「きょ、今日、ちょっと時間もらえませんか、いつでもいいので」

「おう、いいけど……どうした」

「はあ」

興味深げに水を向けられ、敦はちょっと固くなる。

「折り入って、ちょっとご相談したいことがあって」

2

「ああ、酔っちゃった。こんなの久しぶり。あはは」

「わっ、ちょ……しっかりしてください、絵里先輩」

「あはは。平気平気。ああ、いい気持ち。あははは」

まだまだ寒く、つらい季節。

夜ともなれば冷気はさらにつのり、比較的温暖だと言われるこの地でもふるえが来るほどだが、酔った絵里は寒さなどなんのそのという感じで陽気に笑う。

(わあ……)

酔うとさらに人なつっこくなるのは、あのころとまったく変わらなかった。

足もとをふらつかせた熟女は敦にしなだれかかり、腕をからめてくる。

仕事中はまとめていたロングの髪はほどかれていた。艶《なま》めかしいウェーブのかかった栗色の髪が、ふわふわと背中で毛先を踊らせる。

彼女がＯＬだったころも、酔えばこんな風に腕をからめられた。おそらく酒が入ると、そんなことをごく自然にしてしまう人なのだろう。

つい先ほど、ふたりは駅から少し離れたところにある大衆居酒屋を後にしたところだった。

敦は忙しい勝村に変わって絵里に会食に誘われたのだった。

差しつ差されつするうちに、今夜はかなり飲んでしまった。だがもともと酒にはあまり強くない絵里のほうが、酔いは激しい。

(幸せにしているかと思ったけど、なんか、いろいろありそうだな)

酔って口調の怪しくなった絵里とあれこれと話しつつ、駅前のタクシー乗り場に向かった。

絵里をタクシーに乗せたら、自分は急遽確保した今夜の宿――駅前のビジネスホテルに入るつもりだ。

勝村の店は駅から近いところにあったが、ふたりの暮らす家は車で十分ほどの場所にあるという話である。

勝村には、ランチサービスが一段落した時間帯に、あわただしく相談に乗ってもらった。

互いに「大」の字がつく料理好き。

敦の腕前や料理への愛、知識の豊富さを知る勝村は後輩の相談を聞き、「やってみたら。おまえならできるよ」と太鼓判を押してくれた。

そして、店を開くまでにやっておきたいいろいろなことをあれこれとアドバイスしてくれたが、やはりいちばんは、とにかくできるだけ名店を回り、それらの店からできるだけのものを盗むことと、とにもかくにもなんの店を開くかを早めに決めろということだった。

自分でその道に進んだ経験者の話はやはり真実味があり、ありがたかった。

旨いチキンカレーも食べられたし、ためになる話も聞けた。

今日はそれだけでも十分来たかいがあったが、極めつけは絵里とのこんな会食だった。

夜はアルバイトの男の子が入ってくれることになっているため、今夜は時間があるのだと絵里は言った。

敦は勝村にも「そうしていけよ」とうながされ、ふたりの言葉に甘えることにした。

そして、絵里が女友達とたまに行く店だという居酒屋に連れていかれ、思い出話や現在進行形の互いの話など、心のおもむくまま語りあった。

そうしたやりとりの中で思ったのは、決して絵里と勝村は、幸せなだけの夫婦ではないらしいということだ。

もう結婚してからそれなりの年月が経つし、いっしょに商売までしていれば、いろいろと摩擦はあるのかもしれない。

敦は愚痴めいたことを冗談交じりに口にする絵里に笑顔で相づちを打ちつつ、勝村と絵里でさえこうなってしまうのかと、かつてのふたりを思いだし、ついしみじみとしたものだった。

「……えっ。ちょ……絵里さん？」

そんなことをつらつらと思いだしていた、そのとき。

大通りへとつながる暗い夜道を、敦に腕をからめて歩いていた絵里が突然ぐいっと彼を引っぱる。

「わたたっ。ちょ、ちょっ……」

「いいから……おいで」

不意をつかれる、甘いささやき声。

敦はドキッとした。

駅前こそそれなりに栄えているが、ちょっとはずれるととたんに闇が濃くなる場所だった。

ふたりが歩いていたそこも、都会ではめったにお目にかかれない深い闇に支配されている。

そんな闇のさらに奥へと、絵里は敦を引っぱった。

なんのつもりかと驚いたままされるにまかせていると、絵里は敦を一般住宅の物陰にいざなう。

「――えっ、えっと……絵里さ……んむぅ」

敦は仰天して目を見開いた。

これはいったいどういう展開だ。絵里はいきなり敦に抱きつき、自分から狂おしく彼のくちびるを強奪する。

(な、なぜ⁉)

「ンハァ、西野くん……んっんっ……アン、私ったら……むふう、むふう……でも、ああ、どうしよう……もう……我慢できない……んっ……」

「えっ、ええっ？　ちょ……絵里先輩……むああ……」

……ピチャピチャ、ちゅう、ちゅぱ。

絵里の接吻は熱烈だった。

右へ左へと顔を振り、リズミカルに鼻息を漏《も》らして敦のくちびるをむさぼり吸う。

突然のことに、敦は身も心もフリーズした。

居酒屋で酒を酌みかわしたのは二時間ほど。

その間、やや愚痴めいた言葉を聞きはしたものの、この展開に結びつくような言葉も態度も、敦には思いあたらなかった。

「せ、先輩……どうしたんですか。んっんっ……」

なおも激しいキス責めにあいながら、敦はやっとのことでそう聞いた。

ちゅっちゅと肉厚の朱唇を押しつけられるたび、意思とは関係なくキュンと股間が甘酸っぱくうずく。

間近で向きあう絵里の顔は、居酒屋で目にしていたときより、さらにしどけなく、とろんとなっていた。

ぽってりとした唇からあふれだす香りは、酒のせいもあり相当に甘い。どこかぼうっとしたようになった美貌には、はじめて感じるエロスがある。

それにしても、都会とは違う闇の濃さにも敦は驚かされていた。

少し歩けば駅前のはずなのに、あまりに闇が強く、至近距離でもなければ互いの姿がほとんど分からない。

だからこそ、大胆にも絵里はこんな行為に及んだのだろう。

「浮気してるの、あいつ」

すると、ようやく敦から朱唇を放して絵里は言った。

「……えっ」

せつない感情のたっぷりと混じったささやき声。

敦は耳を疑い、思わず聞き返す。

「え、絵里先輩。今、なんて」

「浮気してるの。もう一年にもなる」

「えっ、ええっ？　あっ」

絵里は、またしても敦に抱きついた。

「うー」

「せ、先輩……」

敦の胸に顔を埋め、哀切な泣き声をあげてうめく。思いもよらない絵里の姿に、敦は胸を締めつけられた。

いつも年上の女としての矜持《きょうじ》を持ち、あれこれと指示したり、教えたりしてくれた、優秀な先輩。

それが今は、ひとりの女としての寂しさや弱さを隠そうともしないで、敦に抱きついて嗚咽《おえつ》している。

「あの……」

「嘘じゃないわ。ほんとよ。今夜だってね……」

絵里は泣きじゃくりながら言った。

「今夜だって……お店が終わったら、あいつ、その人のところに行くの」

「ええっ？」

「分かってるの。でも言えない。怖くって。なにもかも壊れてしまうのが怖くって」

「せ、せんぱ……んむぅ……」

もう一度、絵里は敦に接吻した。

先ほどまでよりさらに鼻息が荒い。フンフンと熱い息を振りまいて、肉厚の朱唇を押しつける。

（やばい）

酔ってしまっているのは絵里だけではなかった。

敦もまた、適量よりはかなり多めのアルコールを、ビールだのサワーだの、トドメの日本酒だので摂取している。

くちびるとペニスは、卑猥な神経回路でつながっていた。酔いのせいで、回路の感度はいつもよりさらにあがっている。

とまどう気持ちとは裏腹に、一気に股間に血液が流れこんだ。

陰茎がムクムクと硬さと大きさを持ちはじめる。

「絵里……せんぱ――」

「ねえ、西野くン」

「は、はい」

「西野くゥン」

「はい。はい」

甘えるような声で呼ばれ、身体を揺さぶられた。闇の中、絵里は敦を見あげ、色っぽい声でささやいた。

「お願い、抱いて。今夜だけ、なにもかも忘れさせて」

3

勝村の浮気相手は水商売の女性らしい。

店が軌道に乗ると同時に、勝村は夜の街に出歩くようになったというが、そうした日々の中で出逢ったまだ二十代のホステスが、目下の相手のようだ。

「おお、絵里、先輩……んっ……」

「ンフゥン、西野くん。んっんっ……」

熱いシャワーの飛沫《しぶき》に、ふたりして打たれた。全裸になった敦と絵里は相手を熱烈に抱きしめながら、とろけるようなキスにふける。

ここはラブホテルのバスルーム。

浴室内にはもうもうと白い湯けむりが立ちこめている。

まさか絵里とこんなことになってしまうだなんてと、この期に及んでも、まだ敦は夢見心地だ。

シャワーを浴び、先刻よりは互いにかなり酔いが醒《さ》めたかに思えた。

だが絵里は、なおもいばら道に突き進もうとしている。

繁華街からは、かなり距離のあるラブホテル。

投宿するビジネスホテルに入ろうかとも思ったが、そこは駅前にあり、人目につきすぎると考えてこちらを選んだ。

老朽化の激しい古いホテルは、調度品からなにから前時代的もいいところのいかがわしさにあふれていた。

　円形の、ぐるぐる回るベッドなどという代物をはじめて生で見た。バスルームはバスタブも壁も透明で、しかもかなり広い。

「西野くん、誤解しないでね」

　ねっとりとした接吻をくり返し、色っぽい声で絵里は言った。

「えっ……」

「私、誰とでも腕を組むわけじゃないし、誰でもいいからこんなことをするわけでもないからね」

「えっ……」

　まるで敦の心を覗いていたかのよう。

　つまりそれってと考えると、さらに熱く身体が火照《ほて》る。

「先輩」

「絵里でいいわよ。それにしても……」

　艶《つや》やかに微笑むと、絵里はバスルームの洗い場に膝立ちになった。

「アァン……」

「いや、あの……」

至近距離でペニスをうっとりと見つめられる。

たまらず肉棹《にくざお》が、ししおどしのようにビクンとしなった。

「いやらしい。西野くんって、こんなに大きいち×ちんを持っていたのね」

「うわっ。おお、絵里せ……え、絵里、さん。うわっ、うわあ……」

絵里は美貌を紅潮させ、その目をねっとりと潤ませていた。

秘めやかな声でささやくように言うと、白魚の指に怒張をにぎり、ねちっこいしごきかたで上へ下へと擦過しはじめる。

敦の男根は、すでにビンビンに勃起していた。

正直に言うなら、路上での淫靡《いんび》な接吻で火を点けられたときから、早くも大きくなってしまっていた。

絵里が膝立ちになったことで、女体のいろいろなところをたっぷりと鑑賞する楽しみは先延ばしになった。

じつは全裸にこそなったものの、まだしっかりと、絵里のあんなところやこんなところを見てはいない。

だがそれは、あとのお楽しみだ。

「はぁはぁ……ほんとに大きい。いやらしいわ。いやらしいわ。アハァ……」

……しこしこ。しこしこしこ。

「うおお、絵里さん。おおお……」

絵里は感激と興奮が一緒くたになったような顔つき。より目がちになって陰茎を見ながら、リズミカルな調子でしこしことしごく。

年上の人妻が感心して言うのも無理はなかった。おとなしそうな見かけや生真面目な性格からはなかなか想像できないワイルドな一物だった。

エレクトすると、軽く十五、六センチにはなる、まごうかたなき巨根。しかもただ長いだけでなく、見た目も野性味を感じさせる。

たとえるならたった今、土から掘り返したばかりのサツマイモのよう。

ゴツゴツと無骨な威容はスマートさとはほど遠く、凶悪なまでの猛々《たけだけ》しさをアピールする。

どす黒い幹部分には、赤だの青だのの血管がグボッと浮きあがっていた。

先端部分では、生々しい暗紫色を誇示する巨大な亀頭が、我ここにありとばかりにヒクヒクと尿口をひくつかせる。

肉傘が張りだし、まるで松茸の傘のよう。

自分で言うのもなんではあるが、過去にセックスをした相手の話では、このカリの引っかかりぐあいが、女性には相当にいいらしい。

「いやらしい……でも素敵……んっ……」

……ピチャ。

「くおお、絵里さん。ああ、そんな……いやらしい……」

天国に連れていってくれるペニスだと、人妻ならではの本能で察したか。

絵里はなおも棹をしごきながら、口から舌を飛びださせ、亀頭をれろんとひと舐《な》めする。

「ンフフ、いやらしいことをするために、西野くんとこんなところに来たんだもん。ねえ、してもいいでしょ、いやらしいこと。んっんっ……こういうところでいやらしいことする女、嫌い？」

「き、嫌いじゃないです」

むしろ大好きですとまで言いそうになり、あわてて言葉を呑みこんだ。

昼は淑女、夜は娼婦という言葉があるが、言いたいことはよく分かる。

みんなの前ではおしとやかで奥ゆかしいのに、ふたりきりの濡れ場では別人のように卑猥になり、恥じらいながらも獣《けもの》のようになってよがり泣く女性——世の男たちの多くは、そんな女性が理想なのではあるまいか。

少なくとも、一度でいいからそうした女性とセックスをしてみたいという願望は、男なら多かれ少なかれ持っているように思える。

そして、敦もまたそんな男のひとり。

要はギャップだと思っていた。いつもとの落差の激しさに、男は驚き、悦《よろこ》び、昂《たか》ぶって、苦もなく萌《も》えてしまうのだ。

「フフ、嫌いじゃないのね。よかった。アン、ち×ちん、おっきい」

「うわっ。うわわあ」

絵里は色っぽく微笑むと、小さな口をいっぱいに開け、パクリと亀頭を丸呑みした。ヌメヌメして温かな口腔粘膜にキュッと肉棒を締めつけられる。何度体験しても、この気持ちよさにはたまらないものがあった。

「おお、西野くん。んっんっ……」

「うお。うおおっ」

……ぢゅぽ。ピチャ、ぢゅぽ。

小さな口いっぱいに男根を頬ばった熟女は、啄木鳥《きつつき》のように首をしゃくりはじめた。前へうしろへとリズミカルな動きで振り、口の粘膜で包みこむ大きな男根に汁音を響かせてフェラチオをする。

「くぅ、絵里、さん……ああ、すごい、気持ちいい……」

敦は両脚を踏んばり、快《こころよ》さに耐えきれず、天を仰《あお》いで熱い息をこぼした。

（……思いだした）

なぜだかふいに記憶の底から、かつて勝村とかわした秘めやかな会話がよみがえる。

――あいつさ。あんなかわいい顔して、フェラとかメチャメチャうまいんだ。

あれはいったいなんの席だったか。

おそらく絵里と結婚すると知り、祝福がてら勝村とふたりで飲みに行ったときのことだった気がする。

あのときもけっこう飲みすぎて、ふたりともへべれけになったのだ。どんな流れでそのような話になったのかは思いだせないが、ご機嫌になった勝村はヒソヒソと、にぎやかな酒場でフィアンセの閨《ねや》での顔について聞かせてくれた。

――ああ見えてすごいんだ、セックスすると。女って、エロいよなあ。

そうだ、そうだったと、芋《いも》づる式に記憶がよみがえってくる。

会社では陽気でキュートな絵里が、意外に巧みな性戯と卑猥な裏の顔の持ち主だと知り、あの夜、敦は猛烈に興奮し、嫉妬すらしたのだった。

（たしかに、勝村さんの言うとおりかも。おおお……）

ねちっこい動きで口奉仕をはじめた人妻を見下ろし、敦は感無量な心地になる。

あんなにうらやましいと思った彼女の淫戯を、今は他ならぬ自分が堪能していた。

それもこれも、勝村が浮気をしてくれているからだと思うと、正直なんとも複雑ではある。

悲しみに打ちひしがれる絵里を思えば、手放しで感謝もできない。

だがそうは言いつつ、勝村があのころと変わってしまったことで、一生艶姿《あですがた》など拝めるはずもなかった美熟女のこんな姿を拝めていることもまた事実だ。

「え、絵里さん。勝村さんとは、エッチしていないんですか」

あまり触れないほうがよい話題の気はしたが、つい気になって敦は聞いた。

「んっんっ……するわけないでしょ。もうあいつ、私のことなんか……」

「うお。おおおっ……」

勝村を話題にしたことで、絵里はさらに淫靡な行為に熱をこめた。

あなたがその気なら私だって黙っていないわよと、夫への宣戦布告の気持ちを新たにしたかのように、いっそうねちっこく、熱烈に口でペニスをしごき、さらには舌まで降りそそがせる。

……ピチャ。ねろ。ねろねろ。

「うわあ。それ、気持ちいい……」

「んっんっ……いいのよ、気持ちよくなって……」

「おおお……」

それまでのヌメヌメ感に、今度はザラザラとした感触が加わった。

まるで飴《あめ》でも舐めころがすかのように、右から左から、ザラつく舌で鈴口をあやされ、内ももに、背すじに、鳥肌のさざ波が広がる。

舌先が亀頭に食いこみ、ねろんと跳ねあがるたび、マッチの火が燃えあがったかのような電撃と快美感にうっとりとする。

口の中いっぱいに甘酸っぱい唾液が湧いた。

舌の根があわず、上下の歯がカチカチと音を立てて鳴る。

「してないんですね、勝村さんと。あの、いつぐらいから」

腰の抜けそうな気持ちよさに恍惚《こうこつ》としつつ、敦はさらに聞いた。すると絵里はせつなげにくなくなと熟れた女体をよじって言う。

「いつからって……んっんっ……もう……こんなこと二年もご無沙汰かも」

「二年」

敦は驚いた。

するとこの人は、もうそれほどまでの長きにわたって、寂しさと欲求不満を持てあましたまま悶々としてきたのか。

現在三十七歳。

女盛りもいいところで、本来ならいちばん身体に脂が乗り、男だってほしくてたまらない年齢のはずなのに、夫の愛もペニスも失って、二年もの間、ひとり寝の夜をすごしてきたのか。

たしかに居酒屋でも、勝村とはすでに夫婦というよりは仕事仲間みたいなものだと、絵里は笑って言っていた。

夫婦なんて、いつまでも愛だの恋だのといった青くさい感情だけではいられないし、それでいいのだと。

だがそれは、今にして思えばやはり強がりだったのだ。

なぜならば――。

「な、泣いているんですか、絵里さん」

絵里は嗚咽していた。

慟哭《どうこく》しながら、いきり勃《た》つ巨根をしゃぶっている。敦は腰を引き、ちゅぽんと音を立てて絵里の口から陰茎を抜いた。

「あはぁ……」

開きっぱなしの絵里の口から、肉棹のあとを追うように、大量の唾液がごぼりとあふれる。

「泣いているんですか」

もう一度、敦は聞きながらしゃがみこんだ。絵里は子供のようにえっえっと泣きじゃくり、両手で涙を何度もぬぐう。

(か、かわいい)

こいつはたまらんと、敦は思った。

食べてしまいたいほどだと強く思い、絵里に対してそんな感情を抱いた自分を持てあます。

「泣いてないわ。西野くん。……ねえ、西野くん」

「はい」

「私、寂しかった」

「えっ……」

絵里は垂れ目がちの両目から涙をあふれさせ、訴えるように言う。

「寂しかった。ずっとずっと、ひとりぼっちだったの」

「ああ……」

「あーん」

こらえきれず、絵里は両手を広げて敦に抱きついた。

（おおお……）

たわわなおっぱいが、敦の胸板に押しつけられてやわらかくつぶれる。硬くしこり勃つふたつの乳首が焼けるような熱さとともに胸に食いこんだ。

絵里の身体は熱かった。

先ほどまでより、さらに淫靡な熱を宿して火照っている。

それにしても、このいやらしいおっぱいのボリューム感はどうだ。クッションみたいにはずみながら、やわらかさと熱い火照り、ケタ外れの量感と乳首の硬さを伝えてくる。

「西野くんはならないでね、あいつみたいに」

抱きついて泣きじゃくりながら絵里は言った。

「絵里さん……」

「お店、やりたいんでしょ。西野くんならうまくいくかもしれない。努力家だし、お料理、上手だし。でもね、成功しても浮気とかしちゃだめ。夢と希望を、その人に託していた人を、裏切るようなことをしちゃだめ」

「うおお、絵里さん。絵里さん」

「ハアァン」

なんてかわいそうな人なのだろう。

そしてこの人は、やはりなんとかわいいのだろうと、甘酸っぱい気持ちでいっぱいになった。

敦は絵里を抱き起こし、全面ガラス張りの壁に向かって手を突かせる。

なおも横から熱いシャワーが、夏の夕立のような激しさで、全裸のふたりに降りそそいだ。

4

（あっ……）

立ちバックで、背後から人妻を犯そうとした。

合体の体勢に入ろうとした敦は、ガラス壁の向こうの眺めを目にして、ハッと息を呑む。

円形ベッドを擁した古い客室の壁には大きな鏡がはめられていた。

入室したときは、この鏡はいったいなんの意味があるのだろうと思っていたが、今、敦はようやくその鏡がある意味に気づく。

「アァン、いやあ……」

どうやら絵里も気づいたようだ。

無理もない。

天井から床まであるほどの巨大な鏡には、あますことなくばっちりと風呂場のふたりが映っている。

つまりこの鏡は、たとえばこんな行為を楽しむ男と女のどちらをもさらに昂ぶらせるために、壁にはめられていたのだなと確信しながら、敦は絵里の背後に膝立ちになった。

「くうぅ、絵里さん」

「うああ、いやン、西野くん、ひはっ。ひはぁ……」

大迫力の大きな尻に指を埋め、乳でも揉むように、もにゅもにゅと臀肉をまさぐった。

そうしながら、くぱっ、くぱっと恥じらわせるように尻の谷間を割り、臀裂の底にあるいやらしい光景もしっかりとこの目に焼きつける。

「いや、恥ずかしい。んっああン、西野くん、いや、困る。あっはあ……」

「はぁはぁ……」

絵里の肛門は、やや暗めの鳶《とび》色をしていた。

見られることを恥じらうようにヒクヒクと、収縮と開口をくり返す眺めがなんともたまらない。

彼女の両目からあふれていた涙は、いつしか流れることを止めていた。

（そして……おおお……！）

ついに敦ははっきりと見た。

首を伸ばして覗きこめば、蟻《あり》の門渡《とわた》りの向こうには、絵里のもっとも恥ずかしい部分がじっとりとした湿りとともにひくついている。

やわらかそうなヴィーナスの丘にけむる陰毛は、淡くはかなげだ。陰唇の上部――その一か所に固まるように、ひかえめな感じで密生している。

絵里のワレメはその下で、ぱっくりとラビアをくつろげていた。大陰唇から二枚のビラビラが飛びだし、蝶の羽のように広がっている。

蓮《はす》の花状に開いた粘膜の園が濡れているのは、シャワーのせいばかりではないはずだ。お湯とは明らかに粘度の違うどろっとした液体が、ブチュブチュと泡立ちながらワレメの縁に溜まり、長い糸を引いて床へと垂れ伸びる。

伸びた糸の先は、雨滴のような丸みを見せつけた。そのままブラブラと振り子のように揺れ、男の劣情を刺激していく。

「おお、いやらしい。絵里さん、ほら、してあげますね、こんなこと」

敦はうわずった声で言うと、口から舌を飛びださせ、尻を揉みながら絵里の秘唇を舐めしゃぶりだした。

……ピチャ。

「ンッハアァ。ハアァ、西野くん、恥ずかしい、いやン、いやン。んっはあぁ」

「はぁはぁ。はぁはぁはぁ。んっんっ……」

……ピチャピチャ。ねろん。

「うああ。あああああ」

グニグニと尻を揉みながら、敦は窮屈な体勢で絵里の女陰を舌で犯した。

粘つく蜜を舌ですくっては、淫肉に塗りなおすかのように、汁まみれの恥裂に擦りつける。

小さな肉穴から沸きたつ濃い汁を潤滑油にして舌と粘膜を戯《たわむ》れあわせ、クリトリスのしこりをビンビンとはじく。

「フヒイィ。ヒイィン。ああ、そんな……だめ、あっあっあっ……そんなことされたら感じちゃう……西野くん、私、感じちゃうンン。ヒッハアァ」

「絵里さん、はぁはぁ……」

敦はハレンチな責めで熟女にエロチックな声をあげさせ、チラッとガラスの壁越しに客室の鏡を見た。

ふしだらな行為にふける敦と絵里の姿があられもなく映しだされている。

絵里は両手を壁につき、感じる部分を舐められる悦びに歓喜と恥じらいの両方を表情に浮かべて、プリプリと尻を振っている。

熟女がむちむちした脚をコンパスのように広げた向こうには、彼女の股間に吸いつく全裸の自分がいた。

股間からにょきりと反《そ》りかえる勃起が、なんだか滑稽でとても猥褻《わいせつ》だ。

(やっぱり見てる)

思ったとおりの絵里の反応に、敦は鼻息が荒くなる気持ちがした。

恥ずかしいのは嘘ではないだろう。だが、そうは言いつつ全裸の熟女は、鏡に映る自分たちの姿に視線と心を奪われている。

なにしろそこに映っているのは、いやらしい自分たち。

罪深い自分たちの姿を目の当たりにすることで、絵里は今、自分がたしかに生きていることを、しみじみと実感しているかに思えた。

(すごく濡れてる)

顔を真っ赤にして鏡を見てしまう全裸の人妻にそそられながら、敦は責め立てる淫肉のはしたなさにも歓喜した。

牝の亀裂はおびただしい泥濘《ぬかるみ》状態になり、ヌメヌメとさらにあだっぽくぬめり光る。たっぷりと唾液を練りこんでいるはずだが、唾液成分をはるかに上回る勢いで、粘っく蜜が分泌を続けている気がした。

「はぁはぁ……も、もうだめだ。挿《い》れますよ、絵里さん」

もっともっと、あんなことやこんなことがしたかったが、牡の本能がそれを許さなかった。

このままだと、なにもしていないのにペニスが暴発し、精子を吐き散らしてしまいそうだ。

「アァン、西野くん。ああ……」

敦は立ち上がり、絵里の背後で体勢をととのえようとした。

熟女の腰をつかんでくいっとこちらに引っぱる。絵里は足もとをもつれさせながらされるに任せ、大きな尻を挑むように突きだした。

熟れた女体にもまた、もはや一刻も猶予《ゆうよ》はないらしいのは見れば分かった。

早く早くと訴えるかのように、蜜まみれのワレメがヒクヒクとひくつく。

そのたび愛液が搾りだされ、何本もの粘る糸が競いあうように長く伸び、振り子のように左右に揺れる。

5

「おお、絵里さんっ！」

衝《つ》きあげられるような心地だった。

敦は勃起を手に取ると両脚を踏んばり、誘うようにひくつく肉狭間に亀頭を押しつけた。

——ヌプッ！　ヌプヌプヌプッ！

「あっあああっ！」

「うわあ……」

念願の挿入は、激しいものになった。

これだけ潤んでいるのなら大丈夫だろうと、一気に根もとまで雄々しく膣奥《ちつおく》にたたきこむ。

行く手をさえぎるかのように、餅のような軟らかなものに通せんぼをされた。

子宮だろう。

子宮は亀頭をキュッと包み、言うに言えない想いを伝えるかのように、ウネウネと波打って何度も鈴口を締めつける。

「おおお、え、絵里さん……イッちゃいましたか」

挿入を果たしたとたん、陰茎を股間に突きさされた熟女はあっけなく吹っ飛んだ。

目の前のガラスに身体を押しつけ、ビクビクとあだっぽくお湯まみれの裸身を痙攣《けいれん》させる。

鏡を見れば豊満な乳房が、ガラス壁に擦れてひしゃげていた。

おっぱいが作るふたつの白い円が、人妻の動きにあわせて大きくなったりもとに戻ったりと面積を変えている。

（ああ……）

その光景を目の当たりにして、敦はますます燃えた。

不思議だが、全裸の美女がガラスに身体を押しつけて煩悶する眺めには、男の劣情を刺激する破壊力があった。

小玉スイカを思わせる見事な乳が、惨めなほどつぶれて鏡餅のようになっている。

大きな円の中心を彩《いろど》るのは、ほどよい大きさの乳輪と乳首。

行き場をなくした乳首は変な角度にクニュッと曲がり、その側面をガラスに押しつけている。

乳輪は、肛門とよく似た鳶色。

乳首はそれよりやや深めの色合いだ。

乳輪に気泡のように浮かぶツブツブまでもがよく分かり、興奮した敦はビクビクと、つい勃起を膣の中でしならせる。

「ハァアン……ピクピク、いってる……アソコの中で……西野くんの、おっきいち×ちんが……ああ、また……またぁ……ンッハアァ……」

なおも不随意に痙攣しながら、うっとりとした声で絵里は言った。

(うわあっ)

お返しだとでも言うかのごとく、胎肉が蠕動《ぜんどう》して猛る怒張を甘締めする。

ただ挿入しただけで、絵里は一度目の頂点を迎えた。

熟れごろの肉体に欲求不満が加わって、性の快楽への渇望は、きっと想像もつかないほどにまでなっている。

「くぅ、う、動きますよ、絵里さん」

背すじに恍惚の鳥肌を立てつつ、敦は大きな尻をつかんだ。

シャワーのお湯と、噴きだす汗のせいで豊艶なヒップがぬるっとすべる。敦は両手でつかみ直した。

「う、動いて。いっぱい動いてェン」

ガラス壁から乳を離し、ふたたび背後に尻を突きだして熟女は言う。

「気持ちよくさせて。敦くんのおっきいち×ちんで。いやらしいこと、いっぱいしてえぇ」

「おお、絵里さん。こうですか⁉」

絵里の哀訴にいっそう燃え上がり、敦は最初からフルスロットルで腰を振った。

……ぐぢゅる。ぬぢゅる。

「ヒイィン。ああ、すごい、なにこれ、なにこれえ。あっあっ。ハヒイィ」

「はぁはぁ。はぁはぁはぁ」

(ああ、気持ちいい)

敦はカクカクと腰を振り、人妻の蜜壺を肉スリコギで攪拌《かくはん》する。

絵里の胎路は思いのほか狭隘《きょうあい》だ。

十分ぬめりきった膣のすべりは快適だったが、驚くほどのその狭さに敦は感激し、陰茎をズキュズキュとうずかせる。

肉傘とヒダヒダが擦れあうたび、腰の抜けそうな快美感がまたたいた。甘酸っぱい快さが股間から脳天に何度も突きぬけ、脳髄がピンクの靄でけぶりだす。

「あっあっ。ハヒィ。ヒイィン。すごい。すごい、すごい、すごい。あああぁ。あああぁ」

バックからガツガツと獰猛《どうもう》に突かれ、絵里はまたしても狂乱状態におちいっていく。

「アアァン」

敦に豪快に突かれるせいで、両手を伸ばして壁についていられなくなった。またしても身体ごと、曇ったガラスに濡れた裸身を押しつける。

尻も、もう思うようには背後に突きだせない。

絵里に引っぱられる形で女体に重なった敦は、グイグイと人妻に体重を乗せ、下から突きあげるピストンで、さらに雄々しく膣穴をえぐる。

「あああ。うあああ。なにこれすごい。奥に来る。奥に来るの。ヒィイン。奥っ。

「奥、奥、おくウンン。あああああ」

目の前の壁に身体を投げだし、絵里は女芯を不貞の欲棒で蹂躙《じゅうりん》される悦びに酩酊《めいてい》する。

奥とは、ポルチオ性感帯のことだろう。

おそらくこの身体は、充分に開発されているだろう。だが、もしかしたら勝村の一物に、敦ほどの長さはないのかもしれなかった。

放置をされながら熟れつづけてきた肉体は、はじめてほじくり返されるポルチオの悦びに我を忘れて狂喜した。

「あああ。気持ちいい。気持ちいい。奥いいのあああ。あああああ」

ズンズンと突きあげ、子宮を亀頭でくり返しえぐれば、絵里はあんぐりと開けた口から唾液の飛沫を飛ばし、壊れた顔で、快楽の悦びを吠える。

「ヒィイン、このカリすごい。すごく引っかかる。すごく引っかかってガリガリかいてる。うああ。奥もすごい。奥もすごい。あああああ」

やはり絵里も、敦のカリの出っ張りにご満悦の様子だ。

人並みはずれた巨根は、小さいころはちょっとしたコンプレックスでもあった。ただ、今は両親に感謝している。

「はぁはぁ。え、絵里さん……そろそろ出しますよ」

「ひはっ」

――パンパンパン！　パンパンパンパン！

「ヒイィ。うおおお。おおおおおっ。気持ちいい。しびれちゃう。身体ビリビリしびれちゃうンン。おおおおおおっ」

いよいよ敦のピストンは、クライマックスの激しさを加えた。勢いあまって熟女の裸身をまるごとガラス壁に押しつけるまでになっている。

「おおおっ、ち×ちんいい。ち×ちんいい。おおおおおっ」

「絵里さん……はぁはぁ……」

鏡を見れば美熟女は、ビルをよじ登ろうとするように両手をあげ、身体の前面をべったりとガラスに貼りつけていた。

尻だけはやや後ろに出していたが、あとは太ももも膝から下も曇ったガラスに密着して、つるつる、つるつると絶え間なくすべっている。

ふたつの乳の作る円が、せわしなくその大きさを変えた。

火照ったせいで色白な素肌は薄桃色に染まっていたが、ガラスに押しつけられた部分は、乳も腹も太ももも、血液の流れが止められでもしたかのように真っ白だ。

肉付きのいい腹の肉が苦しげに呼吸をくり返し、そのたびへそがガラスに擦れてよれた。

見れば牝の裂け口に、敦の巨根がずっぽりと入って出たり戻ったりをくり返す。

肉傘にかき出されるかのようにして濃い蜜があふれ、長い糸を引いて床へとポタポタと何度もしたたる。

(ああ、もう出るっ!)

敦は全身に鳥肌を立てた。

女を悦ばせるカリの出っ張りは、当然諸刃《もろは》の剣《つるぎ》である。

膣ヒダと擦れるたび、強い電撃がくり返しひらめいて、もうどうにも我慢ができなくなる。

——パンパンパン! パンパンパンパンパン!

「ヒイイ。気持ちいい。気持ちいい。もうだめ。イッちゃうンン」

「はぁはぁ。僕もイキますよ、絵里さん」

敦は歯を食いしばり、狂ったように腰を振った。

キーンと遠くから耳鳴りがし、カウントダウンの秒針が一気に速度と狂おしさを増す。

「アアン、もっともっとオマ×コほじってほしいのに、もうだめ。もうだめぇえ」

「絵里さん！」

「イッちゃうンン。イッちゃう。イッちゃうイッちゃうイッちゃう。うあああっ！」

「出る……」

「おおおおっ。おっおおおおおっ!!」

――どぴゅどぴゅどぴゅどぴゅ！　びゅるる！　どぴぴぴぴっ！

オルガスムスの電撃に脳天から真っ二つにされた。

敦は全身がペニスになったような快感に打ちふるえながら、ドクン、ドクンと身体を、いや、肉棒を脈動させる。

そのたび大量のザーメンが、水鉄砲の勢いで人妻の膣奥にそそがれた。

さも当然の権利のように中出しなどしてしまったが、はたしてよかったのだろうかと、気持ちよさに酩酊《めいてい》しながらも、ぼんやりと頭の片隅で敦は思った。

「はうう……すご、い……すごく奥に刺さったまま……精子、出て、る……」

「――っ。絵里さん……」

艶めかしい熟女の声で、敦は我に返った。

身体を背後から思いきり絵里に密着させ、だんごのようにひとつになったまま、吐精の悦びに溺れていた。

「いっぱい……アァン、いっぱい、出てる……温かい……そうよね……こんなに、温かかったのよね……あああ……」

「絵里さん……」

絵里もまた、一緒に達したようだ。

背後から敦に圧迫されたまま、うっとりと目を閉じ、ビクン、ビクンと派手に身体を震わせる。

勢いよく、ふたりにシャワーの雨が降りそそいだ。

ずぶ濡れのケダモノたちは、なおもひとつにつながったまま、乱れた息をととのえつづけた。

第二章　蜜だく女店主

1

「お待たせしました」

蕎麦《そば》を運んできたのは店主だった。

立川純子《たてかわじゅんこ》、三十三歳。

この若さにして、蕎麦打ちの達人として有名らしい、知る人ぞ知る女性。

グルメをきどっているくせに、同じ県内にあるこの店も純子のことも知らなかった。

おのれの不明を恥じつつ、敦はここに来た。

「ごゆっくりどうぞ」

「あ、ありがとうございます」

美人店主は楚々とした笑顔を残し、ふたたび厨房に戻っていく。

いくらか彼女より年下に見える、若い男性とふたりで店を切り盛りしていた。多分、弟子すじの若者だろうと、双方の言葉づかいから敦は察する。

(それにしても、きれいな人だ)

店の味をたしかめに来たはずなのに、不覚にもはかなげな美貌を持つ女店主の魅力に惹《ひ》かれた。

この人について教えてくれたのは、他でもない絵里である。

――未亡人さんらしいんだけどね。これからどんどん評判になると思うわよ。勝村から聞いて友だちと食べに出かけたことがあるの。すごくおいしかった。びっくりしちゃうぐらい。勝村たち料理人の間では、ちょっとした話題の的なんだって。

行為の後のピロートークで、絵里はそんなことを敦に話した。

敦はそんな絵里の言葉をきっかけにネットでさらに情報を集めた。

ちなみに絵里との関係は、あの晩、一夜限りのことである。

――西野くんのおかげで、もう少しがんばってみる気になれたかな。ストレスが溜まったら、また相手してね。フフフ。

絵里はそんな含みを持たせながらも、手を振って敦と別れた。

その顔はそれまでとは別人のように、かなり晴れ晴れとして見えた。絵里の言葉は多分嘘ではないのだろうと、敦は思ったのであった。

さて、それはそれとして、絵里の言葉を裏打ちするように、ネット上にはこの店に関する好意的なコメントが多数アップされていた。

店の名前は「玉乃庵《たまのあん》」という。

曰《いわ》く、とても蕎麦が旨い！

曰く、店のある場所の雰囲気がとてもいい！

曰く、店主さんが美人すぎる！

たしかにその通りだと、敦は思った。

蕎麦はまだ食していないのでこちらについては現時点ではコメントできないが、店のたたずまいは風光明媚な里山の中、小川のせせらぎと山々を背景にしており、そののどかな雰囲気は、街中の店では絶対にかもしだせるものではない。

Z市からは一時間半。

県北西部に位置するM山の里山に「玉乃庵」はあった。

また、店主の美しさもたしかに絶賛に値する。

というより、はっきり言って敦にとってはタイプど真ん中の女性であった。

「………」

敦はちらちらと、厨房で仕事に励む女性店主を盗み見る。

楚々とした美貌は、まさにザ・大和撫子《やまとなでしこ》。

切れ長の双眸《そうぼう》は平安時代の貴人を思わせる雅やかさで、古きよき時代の日本の美を、そのまま体現したような美しさを感じさせた。

すらりと通った鼻筋は、ため息が出るほどの高貴さ。

そのくせくちびるはぽってりと肉厚で、なんとも官能的なやわらかさを感じさせ、とてもセクシーだ。

色白の小顔と、烏《からす》の濡れ羽色をした髪のコントラストも絵になった。

今は仕事中なので、髪をアップにまとめてうなじをむき出しにしているが、といたらその髪は、さぞ艶やかな神々しさを放つに違いない。

髪をまとめた上から、ベージュのバンダナを巻いていた。

七分袖の和風シャツもバンダナと同じベージュ色。襟の部分だけが市松模様になっているのがおしゃれである。

黒いパンツをはき、ブラウンのフロントスリット入りエプロンを巻いていた。

華美な雰囲気とセンスのよい制服がよくマッチし、敦はついほれぼれと女店主に見とれてしまう。

しかも、敦がつい視線を奪われる理由は、それだけではなかった。

(おっぱいもお尻もすごい迫力。絵里さんよりすごいかも)

シャツの胸もとを盛りあげる乳房は、まさに息づまるほどの大迫力。

その圧倒的なふくらみのせいで、他の部分は余裕を感じさせるのに、乳のあたりだけはパツンパツンに突っぱっている。

おそらくGカップ、九十五センチぐらいはあるのではないか。

清楚な美貌と西洋美女顔負けの巨乳の組み合わせは、男の鼻の下をだらしなく伸ばさせる蠱惑《こわく》的な淫力を放散している。

その上ヒップのボリュームも、はちきれんばかりの乳房にこれっぽっちも負けてはいない。

シックな黒パンツの臀部が、これまた窮屈そうに盛りあがっていた。

大きな尻のエロチックな丸みを誇示するだけでなく、尻の割れ目さえしっかりとアピールし、目のやり場に困るほどだ。

(これで蕎麦打ちの名人だなんて、すごいよな)

敦はため息交じりに感心し、運ばれてきた蕎麦へとようやく興味を向けた。

（いただきます）

両手をあわせ、割り箸《わばし》を手に取る。

頼んだのは、天ざるだ。

シンプルだが、その分味がごまかせない。蕎麦と天ぷらを食べれば、その店のレベルはだいたい分かった。

（おいしそうだ）

口の中いっぱいに唾液が湧くのは、腹が空いているせいばかりではない。

「通」を気取るつもりはなかったが、一時は夢中になっていろいろな蕎麦店を訪ね歩いたこともあったため、ひと目見るだけで期待は高まった。

うまい蕎麦には視覚的にも、そそられるものがある。

四角い木製の器《うつわ》にすのこが敷かれ、乗せられたざるの上に波打つ蕎麦が上品に盛られていた。

透きとおるように白い更級《さらしな》蕎麦。優雅な見た目は、更級ならではだ。敦は蕎麦猪口《ちょこ》につゆを入れ、薬味のわさびと小口切りにした長ネギを加えた。

箸でならす。

一口分の蕎麦をとってつゆにつけると、つるっとすすって咀嚼した。

（……おおっ！）

口の中いっぱいに広がる得も言われぬ甘みに嘆声をあげたくなった。話には聞いていたが、これはたしかになかなかのもの。気取って食べてなどいられないほど、俄然食欲をそそられる。

敦は前のめりの姿勢で箸を動かした。

（更級特有の甘みがいいなあ。素材のよさが見事に活かされている。うん、旨い、旨い）

心中で蕎麦の評価をしながら、敦は蕎麦を楽しんだ。

（つなぎは……卵かな。すごくつるっとしている）

目を閉じて何度も蕎麦を噛みしめ、口の中に広がる極上の味覚を分析しようとする。ちなみにつなぎとは、蕎麦を切れにくい状態にすると同時に、打ちやすくするためにも使う材料。小麦粉が使われることが少なくないが、卵や山芋が使われることもある。

（喉ごしもいいし、コシもとても強い。いいなあ、この蕎麦）

感心するというよりも感激に近かった。勝村たち料理人の間で話題になっているだけのことはある。

蕎麦つゆは醤油の風味がとても強く、ちょっとだけピリッと感じられるのも絶妙だ。

天ぷらのサクサク感も見事なものだし、これはすばらしいと敦は興奮した。

はっきり言って、まわりのことなど目に入らない。

だがそれでも、チラッと周囲に視線を向ければ、和風の意匠をほどこした店内はほぼ満席。

どのテーブルからもにぎやかな笑い声や旨そうに蕎麦をすする音が絶えない。総勢三十人ほどの客が、それぞれの連れとわいわいとやっている。

（……うん？）

ふと敦は気づいた。

斜め横のテーブル。

ふたりがけのそこには、女性がひとりしかいなかった。

（うわ……）

よく見れば、その人もまたなかなかの美人だ。もっとも、この店の女性店主とは美しさのジャンルが違う。

年のころは、おそらく二十代半ばぐらい。

つまりまだかなり若いのだが、どことなくくずれた雰囲気も感じさせるのはどういうわけだろう。

どこかアンニュイな気配が、その女性からはした。ひとりで蕎麦を食べ、瓶ビールをグラスで飲んでいる。

別に昼間からビールを飲んだって悪くはない。だが堂々としたその飲みっぷりは、やはりただ者ではない気がした。

（ていうか……俺のこと、じっと見てる？）

敦はとまどった。

その美女は、けだるげな微笑をたたえてビールを飲みながら、時折ちらちらとこちらを流し目で見ている。

アーモンドのような、つり目がちの瞳が印象的な女性。化粧っ気はないが、顔立ちは相当整っている。

明るい色に染めた長い髪を、無造作にアップにまとめていた。

着ているものは、どこか投げやりにも感じられるカジュアルなニットのセーターとジーンズ。それなのに、セクシーな色香が感じられるのだから、やはりただ者ではない。

（まあいいや）

なんだか気になったが、こちらから話しかけるわけにもいかない。

敦は謎の美女から視線をそらし、それにしてもこれは旨いと、ふたたび蕎麦に意識を集中させた。

2

「残念だけど、やっぱりちょっと無理なの。ごめんなさい」

テーブルに向かいあった純子は、申し訳なさそうに姿勢を正し、折り目正しく頭を下げた。

ランチタイムの後の休憩時間。

いつもにぎやかな店内はがらんとし、敦と純子以外、人の姿はない。

「い、いいえ。そんな……頭を上げてください」

こんな風に謝られてしまうと、申し訳ない気持ちになった。そもそも無理な願いごとをしているのはこちらなのだからと、敦は恐縮する。

「あ、頭を……頭を上げてください、純子さん」

椅子から尻を浮かせ、純子に言った。女店主はようやく顔を上げ、柳眉を八の字にして敦を見る。

「いくら西野さんがただでいいと言っても、働いてもらうとなるとそんなわけにはやっぱりいかないし、じゃあ雇えるかと言ったら、今のうちの経営状態じゃ、そんなわけにも」

「ほ、ほんとにただでいいんですけど。ほんとに」

困惑したように言う純子に、みなまで言わせず敦は訴えた。だが純子のこの態度を見る限り、どう頼みこんでも望みは薄そうだなとも思う。

(やっぱりだめか)

重い鉛《なまり》でも呑みこんだような気持ちになった。

つまるところ、ただのサラリーマンでしかない自分という人間が、今さらのようにつまらないものに思えてくる。

――お願いです、弟子にしてください。ただ働きでかまいません。俺に蕎麦を教えてください。

土下座をして純子に頼みこんだのは、前回ここを訪ねたときだった。

今から二週間前のこと。

その時点で、すでに敦は四回ほど、純子の店を訪ねていた。

はじめて訪れたあの日から一か月ほど経っていた。

休みの日になるとふらりと現れる敦のことを、純子たちもおぼえてくれるようになり、少しずつ会話なども増えていた。

そんな流れの中、ついに敦は意を決し、じつは話があると純子に打ち明けた。

そしてランチタイムの後の休憩時間をもらい、弟子にしてほしいと床に額を擦りつけたのである。

今は会社員をしているが、いずれはなにか食べ物屋をしたいと考えている。そんなときにこの店にお邪魔をし、純子さんの打つ蕎麦に感銘を受けた。蕎麦を仕事にしたいと強く思った。平日働いているから、給料はいらない。逆の言い方をするなら、土日と祝日だけしか店には来られない。そんな弟子でもよかったら、とってもらうことはかなわないだろうか。一から修業をさせてほしい——敦は純子に、そう懇願した。

しばらく考えさせてほしいと、清楚な未亡人店主はとまどいながら敦に話した。

それから半月ほど。

二週間ぶりにやってきた敦にもたらされたのが、今の純子の回答だ。

「ごめんなさい。ただっていうわけには、やっぱりいかないし……」

追いすがる敦から視線をそらし、蚊の鳴くような声で純子は言った。

困らせるのは本意ではない。

だが敦はこの女性が、容姿だけでなく気立ても優美な人であることをすでに知っている。

だからこそ、ますますこの人の下で働きたいという思いが強くなっていた。

ちなみに純子と働く青年は、小野田《おのだ》という。

二十七歳。

もともとはこの店をはじめた純子の亡夫の弟子スジに当たる若者だった。

純子は三年前に夫を病気で亡くし、以後はひとりでこの店をやってきた。

蕎麦のイロハは名人だった夫にたたきこまれ、彼の存命中から頼りになる片腕として貢献していたらしいが、店を切り盛りするようになってから、さらにその才能は大きく花開いたようである。

それにはもちろん、純子の天賦《てんぷ》の才もあったろう。

だが自由になる少ない時間をやりくりしてつづけた、地道な修練と研究の成果もあったに違いないと、純子とあれこれ話をさせてもらって敦は思った。

こんな人にいろいろと教えてもらえたらどんなに幸せだろうと夢を見た。

しかし、やはり夢は夢で終わってしまうのか。

「そ、そこをなんとか」

こうなったらだめでもともとだと、敦はなおもすがろうとした。上目遣いにチラッとこちらを見て、純子が困ったようにさらに表情を硬くする。

「西野さん……」

「お願いです。無理を承知でお願いしています。俺、純子さんにいろいろと教えてもらえたら、どれだけ――」

「わがまま言ってんじゃねえよ！」

熱っぽく訴えようとしたときだ。突然かたわらから、たたきつけるような怒声が飛んだ。

「あっ……」

見ると厨房から、小野田が怒りの形相で店に姿を現す。

寡黙《かもく》で細身の、職人肌の若者。

いつも決して愛想がよいわけではなかったが、こんな風に感情を露わにする姿ははじめて見る。

「お、小野田くん」

小野田の剣幕に驚いたのは純子も同じのようだ。

あわてて椅子から立ちあがる。大股でこちらに近づいてくる青年を、両手を前に出して止めようとする。

「あねさん、もう我慢できません。今日は言わせてください」

小野田は純子に、憤懣《ふんまん》やるかたないという調子で意見した。純子はまあまあと懸命に止めようとするが、小野田は敦を睨む。

「おまえ、職人をなめるなよ。サラリーマンをしながらできるような甘いもんじゃねえんだ、修業っていうのは！」


「まいったな……」

店を後にし、とぼとぼと駐車場を歩いた。広々としたそこに置かれている客の車は、今は敦のものだけだ。

「たしかに、あいつの言う通りかも」

怒鳴られたことがショックというよりも、小野田の言っていることがあまりに正論で、冷や水をかけられたような気持ちになっていた。

問題は、ただ働きでもよいからとか、そういうことではなかったのだ。安全地帯に身を置きながら、その世界で命を張る人たちと同じことをしようとした自分の浅はかさを、敦は恥じた。

「帰ったら、やけ酒かな……」

「あら」

（えっ）

キーを取りだし、車のドアを開けようとした。

すると、誰かの声がこちらに飛ぶ。

女性だった。

誰だと思って敦はそちらを見る。

（……誰？）

駐車場の入口のあたりにひとりの女性が立っていた。

すらりと細身。

まるでモデルにも思えるナイスボディで、手も脚も長い。背中まで届く長い髪が、風をはらんでふわりと踊った。

どこかで会った気もしたが、こんな美人の知りあいはいない。ばっちりとメイクがなされた小顔は、これまたモデルか芸能人のようだ。

くりっと大きな両目がキラキラと輝いていた。全体的に化粧が濃く、ひと目見て夜の商売の女性だと分かる。

膝丈ほどしかないワンピースに、コートを合わせていた。

コートは毛皮で、かなり高級そうだ。

コートの合わせ目からチラチラと見え隠れするワンピースは、太ももの一部までが見えており、けっこう露出度が高い。

「西野さん、でしょ」

「えっ……」

正体不明のモデル美女は笑って言った。白い歯がこぼれると、あたり一帯にパッと花が咲いたような華《はな》やぎが増す。

それまで妙に色っぽかったはずなのに、かもしだす印象が突然あどけない感じに変わり、敦は不意をつかれた。

「あ、あの……」

「西野さんでしょ。ンフフ、やっぱり断られちゃった？」

「は……？」

断られたとは、なんのことだ。ひょっとして、純子に弟子入りを断られたことを言っているのか。

自分の名前も知っているようだし、いったい全体この人は――。

（あっ）

そのとき、突然脳裏によみがえる顔があった。

初回をはじめ、何度かこの店で顔を合わせたことのある、化粧っ気のない美女を思いだした。

（えっ、ええっ……？）

敦はジロジロと美女を見た。

まちがいない。

あの女性だ。ばっちりとメイクを決めたことで、桁違《けたちが》いに華やかさと美しさが増してはいたが。

「フフ、誰だか分かった？」

敦の表情を見て、その心中を察したのだろう。

その女性は自分の頬をピシャピシャとたたき、これ見よがしなセクシーポーズを決める。

「変わるのよ、女は化粧で。化粧という発明がなかったら、人類ってとっくに滅びているんじゃないかしら。なんちゃって。あはは」

3

女は綾乃《あやの》といった。

名字は分からない。

綾乃という名前だって、この店にいるとき限定のものだろう。

（こういうことだったんだな）

店内を見回し、敦はもう何度思ったのか分からない、同じことをまたも思った。

ウナギの寝床のような、長細くて狭い店。

店の中にはカウンターしかなく、七人か、八人も入ればもう満員御礼というような小さな店である。

綾乃の性格のせい、ということなのか、店内はかなり雑然として見えた。

もう少し整理整頓したらいいのにと、ついお節介にも厨房の中や店のあれこれの片づけを手伝いたくなる。

敦はぐいっと、ビールのジョッキを呷《あお》った。

冷たい液体が食道を通過し、胃袋に収まる。焼けるような熱さがじわじわと胃から広がり、五臓六腑《ごぞうろっぷ》に染みていく。

若く美しい女性なのにどこかアンニュイなものが感じられたのは、夜の女だったからのようだ。

綾乃はこの小さなスナックの店主として仕事をしていた。

店は、純子の営む蕎麦屋から徒歩で十分ほどのところにあった。最初はなにもない里山に思えたが、敦は何度もこの地に通ううち、それなりに界隈には、飲み屋もあれば他の食堂もあることを知った。

純子の店から少し行けば、かなり大きなスーパーもある。

綾乃はそのスーパーに買い出しに行き、店に戻ろうとしていたところで敦を見つけたのであった。

しかもここは、綾乃の仕事場というだけではない。

厨房の壁にはドアがあり、その向こうは彼女のプライベートスペース。２ＤＫぐらいだという自宅があった。

「よいしょっと」

ため息交じりに、綾乃は敦の隣に腰を下ろした。手には、薄い水割りの入ったグラスがある。

丸い座板部分から長い一本足の伸びた、くたびれたスツール。それもまた、この店同様、かなり年季が入っていた。

肌の露出の多いワンピースは、夜の仕事のためのものだった。

白地に妖艶《ようえん》な花のイメージを散らした薄いワンピースは、綾乃自身のセクシーな魅力も相まってなんとも官能的である。

胸もともかなり大胆で、乳の谷間がくっきりと見えるデザインだ。

高校を中退し、隣町の小料理屋で働いたり、ホステスの仕事をしたりしていたが、二年前に居抜きでこの店と家を借り、商売をはじめたのだという。

嘘か本当か知らないが、歳は二十五だと綾乃は言った。

「けっこううまいんだね、料理」

感心して、敦は言った。

「えっ、うそ」

意外そうに、綾乃は大きく目を見開く。

店を開ける前に髪をまとめ、うなじを出していた。

「いや、ほんとに。たこの唐揚げとか枝豆とか、けっこういい味出してるよ。たいしたもんだなって思ったよ、偉そうだけど」

「ほんとに偉そう。こいつ」

「あたっ」

「あはは」

綾乃は敦の頭をふざけてぐいっと押した。

おそらくつまみの味など、この店では誰も求めていない。

若く美人な女店主が肌や胸の谷間を露出しながら、ばかな話を一緒になってして笑っていればそれでいいという客ばかりではないだろうか。

ついさっきまで店にいた客たちを思いだし、敦は考えた。

事実、つまみのメニューはチョコだのサラミだのピーナッツだの、他店との差別化などこれっぽっちも考えていないかに見えるありきたりのものばかり。

だが、ほとんどはそんなつまみばかりなのに、枝豆や唐揚げなどは、けっこう手をかけて客に出していた。

たとえば、枝豆。

さりげなく見ていると、綾乃はスーパーで買ってきた枝豆の両端を、はさみで一つ残らず切っていた。

こうすることで味が染みやすくなるのだが、作業はかなり面倒だ。

しかも最初から味など求めておらず、チラチラと胸を見たりするばかりの客が相手では、ばからしくてやっていられないと思っても不思議はない。

だが綾乃は、仕込みのときにしっかりとそんな準備をしていた。

その上、時間をかけて塩で丹念に揉んでいるため、茹であがりの色はじつに鮮やかである。

そんな彼女の仕事を見て、敦はひそかに感心していたのであった。実際に食してもみたが、これがなかなかいけるのである。

「料理好きなの？」

「え、別に。面倒よ、はっきり言って」

敦が聞くと、心外そうに綾乃は答えた。

「ええ、そうかなあ」

「三つ子の魂百までじゃないけどさ。前に働いていた小料理屋でしこまれたせいじゃないかなあ」

「ああ、なるほど……」

「ていうか……今夜はもう来そうにないかな、お客さん」

グラスのアイスキューブをカランと鳴らし、ため息交じりに綾乃は言った。

仕事をしながら、ウィスキーを薄めに割って開店時からちびちびとやっていた。甘ったるい香水の香りに、敦は鼻腔をくすぐられる。

「えっ。そんなことないでしょ、まだ七時だよ」

時計をたしかめ、敦は言った。

綾乃に連れられ、ここに来たのが午後四時になるかならないかというころ。素人ながらしこみを手伝い、店が開いたのが五時ぐらい。それからまだ、二時間ほどしか経っていない。

その間、やってきたのは初老の男性のふたり組だけ。

男たちは二時間ほど飲んで綾乃とわいわいと騒ぎ、つい先ほど帰っていったところだった。

「七時か……まあでも、もう来ない気がする」

「なんで」

「勘。私の」

綾乃はスツールから下り、店の入口に向かった。なにをするのかと思えば、外に出していた電飾看板を本当にしまいはじめる。

「あっ……じゃ、じゃあ、俺もそろそろ失礼するよ」

もしかして、もう帰ってくれというサインなのかと気づき、敦はあわてて精算をしてもらおうとした。

「なに言ってんの、あんたはいいのよ。ゆっくりしていって。ていうかさ」

玄関のドアに鍵《かぎ》までかけ、綾乃は店の中を最低限の明かりだけにする。カウンターのあたりだけが、ほの白く浮かびあがった。

狭くて薄暗い店内は、ムンムンと暑い。

陽が落ちて、戸外の気温はかなり下がっているはずだったが、敦は少し汗ばんですらいた。

肌を出していたほうがお客が喜ぶからねと、エアコンの温度を高めにしている理由を、こっそりと綾乃は開店前に敦に教えた。

肌の露出の多いセクシー美女が、隣に座り直して妖《あや》しく微笑む。

「今夜は特別。あとは、あんただけのために営業してあげる」

「えっ。い、いやいや。悪いよ、それは」

びっくりして、敦は目の前で手を振った。

「悪くないって」

「だって、俺そんなに金ないし」

「顔見れば分かるわよ、そんなこと」

「なんだよそれ」

「さ、飲みましょ」

綾乃はグラスを手にして乾杯をしようとする。

勢いに負けた敦は飲みかけのジョッキを手に取り、綾乃のグラスとカチンと打ちつけあった。

「ほんとはね」

カウンターに両肘をつき、手に持ったグラスをもてあそびつつ綾乃は言った。

「あんたを受け入れてもいいって思ったらしいわよ」

「……えっ」

「純子さん」

「――っ。そ、そうなの？」

思いがけない情報に、敦は動揺した。

綾乃は小さくうなずく。

純子とは、水商売仲間ということもあり、いろいろと情報交換をしていると聞いている。

そんなことまで聞いていたのかと、敦は俄然色めき立った。

「ああ見えて、けっこう悩んでいたのよ、彼女。あんたはどう感じているか知らないけど、少なくともあんたの熱意にはとっても打たれたみたいで」

「……そうなんだ？　えっ、じゃあなんで」

素朴な疑問を、敦は綾乃にぶつけた。綾乃は答えず、さしてうまくもなさそうに、薄い水割りを色っぽい挙措《きよそ》で嚥下《えんげ》する。

細い首は、ため息が出そうな白さであった。

水割りを飲むたび、喉が小さく動く。

「あ……」

ふいに気づいて、敦は言った。

「ひょっとして……あの小野田っていう男？」

綾乃を見ると、彼女もこちらに視線を向けた。

「多分そうね。純子さん、はっきりとは言わなかったけど」

「もしかして……つきあっているの、あのふたり？」

「さあ」

大げさに身体をかたむけて首をひねり、カランと音を立てて綾乃はグラスを置いた。

「そこまでは私にも分からない。ただ少なくとも」

「……少なくとも？」

「………」

「……ねえ、少なくとも？」

焦《じ》れた敦は綾乃に先をうながした。

「………」

長い沈黙のあとだった。綾乃はようやくこちらを見て、意味深長な含み笑いを口もとに浮かべる。

「どうしよっかなあ」

「ど、どうしよっかなあって……ねえ、少なくともなんだって言うの」

「なにくれる、お礼？」

「……えっ」

綾乃は口角をつり上げ、艶やかな顔つきで敦を覗きこんだ。

「お礼に、私になにをしてくれる？」

「——っ。な、なにをって」

「ンフフ」

そんなに酔っているようには見えなかった。

それなのに、思い返せば玄関に鍵をかけたあたりから、綾乃の態度には一気にしどけなく、妖しいものが増していた。

「なにを……してほしいの？」

「そうねえ」

敦は聞いた。

綾乃は眉をひそめて答えると、頬杖をつき、天を見上げて考えこむ。

そして、しばらくすると突然こちらに向きなおった。いたずらっぽく微笑んで、媚びたようにしなを作る。

「な……なに？」

「舐めてほしい」

秘めやかなささやき声。

一瞬だけ、こちらに身を乗りだして綾乃は言った。

「……えっ⁉」

「ンフフ」

「な、舐めてって……なにを？　あっ――」

「もうやだ、この男。決まってるじゃない」

敦の手首をつかむと、綾乃はもう一度ささやいた。

彼の指を自分の太もも——股のつけ根のすぐ近くにそっと押しつける。

綾乃の太ももはやわらかく、そして、熱かった。

「あ、綾乃さ——」

「分かるでしょ。舐めてほしい。ほんとはね、さっきからずっとウズウズしてたの」

「わっ……」

綾乃はカウンター上のものをすばやくずらすと、軽やかな身ごなしで板に身を移した。尻を乗せ、ふたたび敦の片手を取ると、スカートをくぐらせて躊躇《ちゅうちょ》なく、おのれの股間に押しつける。

……ぷにゅう。

「わわっ」

「ハアァン」

パンティ越しに指が埋まるや、綾乃は艶めかしい声をあげ、ビクンと痙攣した。押しつけられたそこは、多分ワレメである。

「あ、綾乃さ——」

「脱がせて……」

誘うような声で、綾乃は求めた。

ねえ早くとでも言うかのようにカウンターに両手をつき、尻を浮かせるようなまねまでする。

「綾乃さん」

「脱がせて。舐めてくれたら教えてあげる。私の知ってること。ねえ、舐めたくないの？　ここ、舐めるのがいやな男って、あんまりいないはずだけど。ねえ、ほら……アハァン……」

敦の指は、綾乃のもっともデリケートな部分に食いこんだままだ。

綾乃は自ら腰をしゃくり、そんな敦の指先と、自分のワレメがスリスリと擦れあうようにする。

「わわっ……」

「あっあっ、アァン、感じちゃう。ねえ、脱がして。脱がしてってばあ」

鼻にかかった声で、綾乃はなおも卑猥な要求をした。

（まずい。でも……）

見る見る発情していく夜の蝶を前に、敦もまた、とまどう気持ちはありながらも一気に身体が熱くなっていく。

言うことを聞いたら、知りたい情報を聞かせてやるという言葉にも抗いがたい魔力があった。

（どうしよう。ああ、でも俺……俺――！）

「アン、感じる……ねえ、脱がして。舐めてくれたら教えてあげる。その代わり、満足させてくれなかったら――」

「おお、綾乃さん！」

「アッハアァン」

こんな展開になるとは想像もしなかった。だが、気づけば敦はスツールから立ちあがり、綾乃のスカートに両手を入れている。

小さな三角の下着は漆黒だ。

こんもりとやわらかそうに盛りあがる股間に、サイズ違いかと思うような極小の面積でギチギチに食いこんでいる。

「ああン……」

パンティの縁に指をかけるや、鼻息も荒くずり下ろした。

長くて形のいい美脚を、丸まったパンティがスルスルと下降する。敦はキュッと締まった足首から下着を完全に脱がした。

4

綾乃はしてやったりという感じであった。

「アン、もう……西野さんのエッチ」

ンフフとセクシーに笑う。長い両脚をカウンターに載せ、惜しげもない大胆さで左右に広げる。

「うおおっ！　ああ、綾乃さん……」

「ほんとにエッチなんだから。ほら、舐めたくなっちゃったでしょ」

「おおお……」

すらりとした美脚をM字状に開いたまま、綾乃は潤んだ両目で敦を見た。

とんでもない光景を目の当たりにしてしまい、敦はもはや思うように身体を動かすこともできない。

（……パイパン！）

いきなりご開帳とあいなった美女の局部には、ただの一本も陰毛がなかった。

だがよく見ると、ヴィーナスの丘には思いのほか広範囲に、毛を剃《そ》ったなごりがうかがえる。

どうやら人工的なパイパンのようだ。

しかもプロの手を借りた脱毛ではなく、カミソリなどを使って自分で処理をしているらしい。

股間を覗きこみ、ジョリジョリと音を立てて陰毛の処理をしている綾乃の姿を想像すると、ますます息づまる気分が増した。敦は鼻息を荒くして、秘丘からワレメへと視線を転じる。

（おお……）

これはまた、なんといやらしい淫肉だと感激した。

まだなにもしていないも同然なのに、二枚のラビアはすでにべろんとめくれ返り、左右に羽を広げている。

濃いピンク色をしたビラビラはかなり肉厚だ。

その上ラビアは縁の部分が丸まって、百合の花のようにも見える。

肉粘膜の園が視界にばっちりと入った。粘膜はうっすらと、いやらしい汁でコーティングされている。

色合いは、活きのいい鮭の切り身を彷彿させる生々しいサーモンピンク。見ればこうしている間にも、膣穴がヒクヒクと開いたり閉じたりをせわしなくくり返す。

……にぢゅ。ぶちゅちゅ。

「おおお……」

「ハアン、だめぇ……」

持ち主はかぶりを振って恥じらってみせるが、当の媚肉は辱《はずかし》められる気満々だ。見られることがうれしくてたまらないとでもいうかのように、開口と収縮をくり返しては品のない音を立て、ところどころ白濁した濃厚な蜜を、早くもとろとろと分泌させる。

（こいつはたまらない！）

眼福ものの絶景に、敦はいきり立った。

はぁはぁと呼吸が荒さを増す。

全身にぶわりと、粟粒のような鳥肌が立つ。

「ンフフ、そんな目で見ちゃって……ねえどう、私のオマ――うあああ」

「おお、綾乃さん。綾乃さん。んっんっんっ……」

……ピチャピチャ。ねろねろ、ねろん。

「アアン、ちょっとあんた……ああ、そんな。ひはっ。ンッハアァ……」

それはまるで、オアシスを見つけた砂漠の放浪者さながら。魅惑の淫唇に辛抱たまらず、敦は文字どおり我を忘れてむしゃぶりついた。

舌をとがらせ、くぱっと開いたワレメに突き立てれば、美人店主はスレンダーな肢体を痙攣させ、甘い声をあげてクンニリングスに狂乱する。

「あっあっ。いやン、あんた……ああ、激しい……激しいンン。ひは。うあああぁ」

(おしっこの味がする)

生身の女体なのだから、当然と言えば当然ではある。

だが、自ら舐めてと懇願しておきながら、淫肉に小便の残り香を付着させていた美女に、敦は燃えあがるような昂ぶりをおぼえた。

(それに……ああ、エロい。スケベな汁がこんなにも……)

秘割れをこじって左右に開き、粘膜の凹凸《おうとつ》を舌でねろねろと舐めしゃぶった。

ひときわしつこくあやすのは、子宮へとつづく胎肉の入口。さらには、ワレメの上に鎮座するピンク色の肉真珠だ。

「あっあっ。ヒイィン、ああ、そんな……そんなに舐めちゃいやあ。アッハアァ」

開口と収縮をくり返す膣穴をグリグリとほじって、舌先を飛びこませようとした。

綾乃はくなくなと身をよじり、感極まったように淫声をうわずらせる。

いやがる言葉を口にしながらも、火照った股間はグイグイと、敦の顔に押しつけられる。

——おまえ、職人をなめるなよ。

ふいに、小野田にたたきつけられた言葉が脳裏によみがえった。

昼間、「なめるな」と言われた自分が、夜には「なめて」と甘えられる。いったいなんという日だと、ますます複雑な思いが増した。

「おお、綾乃さん、もっとガニ股になって。んっんっ……」

「ハヒイィ。アァン、いやあ。あっあっ。あっあっあっ！」

敦は美人店主の内ももに両手の指を食いこませた。淫靡に火照った二本の足をさらに左右に広げさせる。

あられもない姿とは、まさにこのこと。

脚が長くて美しいだけに、ガニ股開きになったときの破壊力には想像していた以上のものがある。

その上、丸だしの陰部は早くも愛液と唾液でベチョベチョだ。

綾乃は窮屈な体勢で両手をつき、少しだけ尻を浮かせるようにして、カクカクと腰をしゃくり、自ら敦に卑猥な局部を擦りつけてくる。

「はぁはぁ……おお、綾乃さん。んっんっ……」

……ニチャニチャ、れろん、ねろねろ。

「ンハアァ、ああ、そうよ。気持ちいい、もっと舐めて、舐めて舐めてええ。ああ、イッちゃう。我慢できない。イッちゃうの。うああ。あああああ」

「あっ……」

――ブシュパアァ！

「ぷはっ⁉」

「ンハア、いやあ……あう、あう、あう……」

綾乃は恥じらいながらもガクガクとその身を痙攣させた。震えながら、ひくつく膣穴からしぶくように潮《しお》を噴く。飛びちる潮は敦の顔面を直撃した。温かな潮に目や鼻をたたかれ、敦はたまらず身をよじってむせる。

「アァン……」

「おっと！」

絶頂を極めた綾乃は、狭いカウンターになどいつまでもいられなかった。つるっと尻がすべり、床に落ちそうになる。敦はあわてて、ぐったりしたスナック店主を両手で抱きとめた。

「はぁはぁ……ハアァン、すごい……すごく、舐めるんだもん……簡単に……イッちゃったアン……あはぁ……」

「あ、綾乃さん……」

「ああぁ……」

なじるように言いながら、なおも痙攣のやまない綾乃を渾身の力でかき抱く。言うに言えない激情が、臓腑の奥から度しがたい獰猛さでせりあがってくる。

「こ、これで終わりじゃないですよね」

「はぁはぁ……えっ……」

綾乃はそう言ったが、これも当然想定内のはずだと敦は確信している。

年齢は綾乃のほうが下だが、ここまでは完全に手玉にとられていた。

敦は言った。

「もっと……もっともっと……舐められたいですよね!?」

5

綾乃の店に立ちよることを決めてから、気になっていたのは宿の確保だ。

酒など飲んでしまったら今夜中には帰れない。

だが綾乃は、知りあいの家を紹介してあげるから心配するなと請け合った。どんな知りあいなのかと思ったが、もしかしたら最初から、こうなることを期待していたのかもしれない。

「あっあっ、いやン、だめ。あっあっ、あはあぁ」

「はぁはぁ……綾乃さん、もう身体中、俺の唾液でベチョベチョですよ。んっ……」

「うああ。あああああ」

淫靡な闇の中で、全裸の美人店主は艶めかしい声をあげた。

部屋の明かりは消してあるものの、敦はとっくに、目が闇に慣れている。

敦は綾乃にみちびかれるがまま、店の奥にある彼女の自宅スペースに移っていた。

六畳の和室に布団を敷き、その上でふたりして乳繰りあっている。

「はぁはぁ。はぁはぁはぁ……」

素っ裸の綾乃は、もう息も絶え絶えだ。

無理もない。

敦のクンニでもう何度、アクメに達したかしれなかった。

場所を変え、ふたりして裸になると、敦はあらためて綾乃の全身を、いやというほど舐めまわした。

うなじから耳、頬から額、まぶたにくちびる、顎から首、さらにはおっぱいをしつこいほどにれろれろと左右どちらも舐め尽くしてから腹を舐め、へそのくぼみにもたっぷりと唾液の水溜まりを作った。

綾乃の裸体を裏返すと肩を舐め、背すじに何度も舌の刷毛《はけ》で唾液を塗りたくった。

恥じらう美女に有無を言わせず、ふたつの尻を生臭い唾液でべとべとにすると、肛門にも時間をかけて舌を這わせ、しわしわの肉のすぼまりも粘つく唾液まみれにした。

綾乃はまさに、獣のようなあえぎ声をあげて、全身を舐められる悦びに狂乱した。

かなり敏感な体質らしく、綾乃はどこを舐めても派手に反応し、敦は男の嗜虐心《しぎゃくしん》をおおいに満足させられた。

綾乃はイッた。

こんなことで達してしまうのかと驚くほど、何度もイッた。

ある一線を越えると女は全身が性感帯になると言うが、まさにその通り。おっぱいやアヌスを舐めたときだけでなく、ただ背すじを舐めあげ、舐め下ろしているだけなのに、それだけで美女は軽く何度も昇天した。

「あぁン……」

そして、敦はまたしても綾乃を裏返す。

ヌメヌメといやらしくぬめる女陰に、もう一度怒濤《どとう》のクンニをお見舞いした。

「綾乃さん。んっ……」

……ピチャ。

「アハアァ。ハァン、敦くん、敦くん。ああ、もう許して。キャハアァ」

綾乃からはすでに「敦くん」と呼ばれるようになっている。敦のほうが年上だと知りながら「くん」付けにできるのは、さすが綾乃だ。

「綾乃さんのオマ×コ、おしっこの味がするよ。んっんっ……」

少しS気味に責めると、興奮するらしいことをすでに敦は知っていた。

店でも気づいた同じことを、容赦なく言葉にして責めながら淫肉を舐めると、綾乃はますます取り乱し、布団の上でスレンダーな裸身を艶めかしく暴れさせる。

「ヒイィン。だ、だって、そのほうが興奮するんだもん。汚いところ舐められてると思うと興奮するの。すごくするのあああ」

「はぁはぁ……いやらしい人だなあ。ほんとにしょっぱくて、アンモニア臭い。そらそら、んっんっ……」

……ピチャピチャ。ねろねろねろ。

「うあああ。わ、私だけじゃないわ。前に勤めてた小料理屋の女将《おかみ》さんも言ってた。清めてもいない身体をダンナに舐められて、恥ずかしいけどメチャメチャ燃えあがっちゃったって……あああ。あああああ」

「そ、そうなんだ。んっんっ……」

「うああ。ああああああ」

「あっ……」

……ビクン、ビクン。

またしても綾乃は吹っ飛んだ。

アクメに酔いしれ、布団の上で跳ねおどるさまは、まさに炒められる海老《えび》のよう。変な角度に上体をねじり、奥歯を噛みしめて白い首筋を引きつらせる。

綾乃が身体を揺らすたび、伏せたお椀を思わせるほどよい大きさの美乳が、いっしょになってたっぷたっぷといやらしく揺れた。

おっぱいは、細身の身体に似合いの小ぶりなふくらみだ。おそらくCカップ、バストトップは八十センチぐらいではないだろうか。

乳輪が小さいため、その分乳首が大きく見える。乳輪も乳首もかなり濃い鳶色で、白い素肌とのコントラストが鮮烈だ。

綾乃は裸身のところどころをヌメヌメと生々しくぬめり光らせていた。

ほとんどは敦の唾液だが、足を開いたときに股のつけ根できらめいているものは、多分唾液のせいばかりではない。

「はぁはぁ……そろそろ……挿《い》れるよ、綾乃さん」

「あぁぁン……」

ぐったりとした綾乃に脚を開かせ、挿入の体勢をととのえた。

はぁはぁと荒い息をつきつつ、敦の股間に反りかえる規格はずれの一物を見て、綾乃の両目に再び爛々《らんらん》と淫らな潤みが増す。

ひとめそれを見て以来、「おっきい、おっきい」と何度感嘆の声を漏らし、おさわりをしたか知れなかった。

あとでたっぷり舐めてあげるわねと言われていたが、はっきり言ってそんな余裕は、精神的にも肉体的にも、もうまったくない。

「あン、来て、敦くん……いっぱい来てぇえン」

綾乃は自分から両脚を広げ、くなくなと身をよじる。

こんこんと湧き立つ泉のように、丸だしになった媚肉から、ニジュチュ、ブチュチュと白濁した愛蜜が滲みだす。

「い、挿れるよ、挿れるからね。ああ、綾乃さん！」

反りかえる肉棒を手に取って角度を変えた。

卑猥にぬらつくワレメに押し当てると、敦は思いきり腰を突きだす。

――ヌプッ！　ヌプヌプヌプッ！

「うあああ」

「おお、綾乃さん……」

挿入しただけで、またしても綾乃は頂点に突きぬけた。

背すじを反らせる。細い顎を天に突きあげ、ビクン、ビクンと派手に身体を痙攣させる。

敦は綾乃に覆いかぶさった。

全裸の美女はつかまえたとばかりに両手で彼をかき抱き、「うーうー」と艶めかしくうめきながら、なおも絶頂の痙攣をつづける。

「動くよ。動くからね。おお……」

痙攣をしているのは女陰も同様だった。

飛びこんできた陰茎におもねるかのように、ムギュムギュと締めつけては解放する動きをくり返す。

(気持ちいい！)

へたをしたら、あえなく果ててしまいそうだった。衝きあげられるような激情にかられ、声をうわずらせて敦は言う。

「う、動くよ！」

「動いて。いっぱい動いて。ねえ、ギュッてしてよう」

「おお、綾乃さん！」

甘えたように求められ、敦は綾乃を強く抱きしめた。

「うああ。あああああ」

カクカクと腰をしゃくり、猛る怒張を膣奥深くまでたたきこんでは引き抜く動きをくり返す。

……グヂュグヂュグヂュ！　グヂュグヂュグヂュ！

「うああ。奥まで刺さってる。すごい。すごい、すごい、すごい。うあああ」

「はぁはぁ。はぁはぁはぁ」

今までもあられもない声の連続だったが、ペニスによる快感は、やはり段違いのようだ。

綾乃は敦にしがみつき、彼の動きにあわせて自らも前後に腰をしゃくる。そのせいで、性器同士のフィット感はいっそう強いものになる。

(うわあ、気持ちいい、気持ちいい、気持ちいい)

絶え間なく波打ってペニスを甘締めする胎肉の快さに慄然とした。

これは長くは持たないと観念しつつ、少しでも快感を味わいたくて、敦はカリ首をヌルヌルした膣ヒダに擦りつけ、最奥の子宮を何度も抉《えぐ》る。

「ヒイン、ヒイイィ、ああ、いいの、ねえ、ねえぇンン」

綾乃はエロチックな悲鳴をあげ、敦をかき抱いて耳もとに口を寄せた。

「満枝《みつえ》って呼んで」

「えっ」

「お願い、お願い。満枝って」

「み……満枝」

「ああ。もっと。もっと呼んで」

「み、満枝。満枝、満枝」

「うあああ。あああああ」

その名を呼びながら牝肉に亀頭を擦りつけるだけで、綾乃はさらに狂おしく燃えあがった。

もしかして、満枝というのが本名なのだろうか。

おそらくそうに違いないと敦は確信する。

「似てるの」

「……えっ？」

綾乃――いや、満枝の声は涙混じりに感じられた。敦の肩に小顔を埋め、艶めかしいあえぎ声をあげながら告白をする。

「似てるの、あんた。好きだった人に。忘れられない人に」

「え、えっと……」

「愛してるって言って。満枝、愛してるって」

「あ……」

「言って。言ってよう」

「み、満枝、愛してる！」

――パンパンパン！　パンパンパンパン！

「ああああ。大将。大将おおう。あああああ」

「えっ……」

（大将？）

もちろん大将なる男がどこの誰なのか敦には分からない。

だが満枝は泣いていた。

泣きながらよがり狂っている。

くなくなと身をよじり、猛る男性器に膣奥をほじくり返される下品な悦びに身を焦《こ》がす。

自らも腰をしゃくり、満枝は亀頭に淫肉を擦りつけた。そんな満枝の反応は、まさにガチンコそのものだ。

（ああ、エロい！）

欲望をむき出しにして女陰をペニスに擦りつけるスナック店主に、敦は燃えた。

とにかく最後の瞬間まで、お望みのシチュエーションで突き進んでやろうと決め、クライマックスのピストンに入る。

「くうぅ、満枝。愛してる。愛してる」

――バツンバツンバツン！　パンパンパンパンパン！

「うああ。あああああ。大将、大将おおう。恥ずかしいよう。でも感じちゃう。感じちゃうの。好き、大好き、あああああ」

「満枝！　ああ、もうだめだ！」

どんなにアヌスをすぼめても、もはや限界だった。陰嚢《いんのう》の中で煮立ったザーメンが、肉の門扉を突きやぶって陰茎の芯をせり上がる。

それでもカクカクと腰を振れば、おっぱいがクッションのようにはずみ、しこった乳首が焼ける熱さを敦に伝える。

「あああ。気持ちいい、気持ちいい。あああああ。イッちゃう。イッちゃうイッちゃうイッちゃうイッちゃう。うおおおおっ！」

「で、出る……」

「おおおっ。おっおおおおおおっ!!」

――びゅるる！　どぴゅどぴゅどぴゅうっ！

（ああ……）

オルガスムスの電撃に、敦は全身をしびれさせた。なにもかもから解放されたような爽快感とともに、陰茎を脈打たせて精子を放出する。

ドクンドクンと獰猛な音を立て、肉棒がくり返し脈動した。そのたび灼熱の子種が満枝の膣奥にしぶき、ビチャビチャと湿った音を立てる。

「はうっ……アハァン、か、感じるン……すごく、奥に……大将の……精液……」

「——っ。満枝……」

どうやら満枝も一緒にアクメに突きぬけたらしい。

敦にしがみつくかのように身体を密着させ、ビクビクと汗で湿った裸身を震わせる。

はぁはぁというふたりの吐息が、少しずつゆっくりとしたものに変わっていく。

第三章　しっとり女将の痴態

1

（ほんとにこの人なのかな……）

とことこに及んでも、敦はまだ確信が持てなかった。

どんな女性なのかと想像をたくましくしてここまで来た。だが目の前に現れたその人は、敦のイメージとはかなり違った。

「お待たせしました」

「あ、ありがとうございます」

女性はたおやかな笑顔とともに、敦が注文した品を彼に渡した。着物の袖がつっとずれ、色っぽい腕が露わになる。

そうしたなんでもない眺めにも、男心を浮き立たせる極上のものがあった。

津上布由子《つがみふゆこ》、三十九才。

Q市のはずれにある小料理屋「ふゆこ」の女将である。

布由子と小料理屋のことを教えてくれたのは、満枝だった。

——食べ物屋さんをやりたいって考えているなら、一度女将さんの店にも行ったほうがいいと思う。

満枝はそう言って、この店について教えてくれた。敦はそんな情報を頼りに、ここに来たのである。

Q市は満枝や純子が店を出すM山の里山から車で一時間ほど。

古刹《こさつ》の多い観光地で、最近では御朱印目当ての女性連れなどでたいそうにぎわっていた。

だが教えられた小料理屋は、そうした観光客のおこぼれにたいしてあずかっているとは思えない古い住宅街にある。

あたりは昔からある家や田畑ばかりで、観光ガイドブックに掲載されるような寺院も神社もない。

しかしそれでも、店はけっこう繁盛していた。

カウンターと小上がりがあるだけの小さな店。

小上がりにも座卓がひとつあるだけで、十人も入れば満席御礼というような店ではあるが、かなり盛っている。

ひとりで切り盛りしているらしき女将は、先ほどからてんてこ舞いだった。小さな店ではあるものの、さすがにワンオペではきつい気がする。

（きれいな人だ……）

カウンターの片隅で生ビールを飲みながら、敦は忙しそうに働く女将を目で追った。

上品な着物に、清潔そうな白い割烹着《かっぽうぎ》。

古きよき日本の女を感じさせる和装美人は、色白でくりっと大きな目を持つなかなかの美熟女だ。

どこか母親めいた豊饒《ほうじょう》な母性を感じさせるのは、もうすぐ四十路《よそじ》を迎える年齢のせいもあるだろう。

もっちりと肉感的な肢体を高価そうな着物に隠していた。

白い足袋《たび》と草履《ぞうり》で店の中をせわしなく動く内股気味の挙措にも、敦は好感を抱いている。

一言で言うなら、上品な人妻以外の何ものでもなかった。

だが敦は、満枝から聞いた言葉が忘れられない。

──私だけじゃないわ。前に勤めてた小料理屋の女将さんも言ってた。清めてもいない身体をダンナに舐められて、恥ずかしいけどメチャメチャ燃えあがっちゃったって……。

満枝からこの店を紹介された後、あらためてたしかめたところ、卑猥な行為の途中で満枝が口にした女将とは、布由子のことだった。

そして大将とは、布由子の夫で小料理屋「ふゆこ」の主人。

今は店舗兼自宅のここを飛びだし、他の女のところで暮らしているという布由子の夫と、その昔、ここで働いていた満枝は男女の仲になってしまったのである。

満枝は高校を中退し、水商売の世界を流れ流れて二十歳のころに、この店にたどりついた。

一回り以上も年下で人なつっこい満枝を、布由子はことのほか可愛がった。水商売のあれこれを教えたりするのはもちろん、プライベートでも心を許し、いろいろな話を遠慮なくするような親しい間柄になったという。

清めてもいない身体云々《うんぬん》は、恥じらいながら打ち明けた満枝の話に乗る形で、布由子が告白したものだった。

だがさすがの布由子も、その時点では思いもしなかったようだ。満枝にそんな行為に及んだ男性が、よもや自分の夫だったなどとは。

布由子の夫は、名を亮二《りょうじ》と言った。

布由子より六歳年下の三十三歳。

亮二には、一日働いて疲れきった女をひと風呂浴びさせることもなく、そのまま犯すことに興奮をおぼえる性癖があった。

そんな亮二の性癖の犠牲になったのが女房の布由子であり、愛人となった満枝であった。

亮二は、汚いからと恥じらい、いやがる満枝を強引に何度も激しく犯した。おそらく布由子もそうされていたことだろうと満枝は回顧した。

恥ずかしかったが、いつしかそれが満枝にとっても誰にも言えない性癖になった。

そんな満枝にとって、純子の店で偶然出逢った敦は最初から心引かれる相手であったのだそうだ。

理由は簡単だ。

大将と慕う布由子の夫、亮二と敦は風貌が似ていた。

だからこそ、満枝は敦に苦もなく心ばかりか身体までも開き、灼熱のひとときを分かちあうほどの仲になったのである。

——私の名前、出してくれてもかまわないわよ。別に、大将との関係がばれて暇を出されたわけじゃないから。女将さんは、今でも知らないはず。

この店について教えてくれたとき、満枝はそうも言った。

——じゃあどうしてやめたのかって？　決まってる。私、大将は大好きだったけど女将さんも好きだったから。大好きな女将さんを裏切ってしまっているかと思うと、やっぱりいつまでも店にいることはできなかった。

そう言って、満枝は複雑そうな笑みを敦に見せた。

——女将さんの店とは天と地ほども違うけど、私がこのスナックを始めたのは、あの店とちょっと似ていたからなの。どういう意味か、実際にその目でたしかめてきたらいいわ。

満枝はそう言って、敦を送りだした。こうして敦はまた週末を利用して、今度はここへとやってきたのである。

たしかに、満枝の言わんとすることは分かった。

店舗兼自宅。

小さな店。

周囲は住宅街。

いろいろな意味で、両者には相似している点があった。

だが、布由子の店のほうは店も自宅も、満枝のところよりはるかに立派だ。

二階建ての一軒家は古い中古物件だったらしいが、大幅にリフォームされていた。

一階の一部が小料理屋になっている。

もともと料理店をかまえていた家をそのまま買い取って改装したらしく、これまた満枝がまねをした通り。

相当に古い建物であることを示すように、きれいにリフォームされているとはいえ、トイレの便器はこのご時世に和式である。

だが、小さな店であることは満枝のところと似ているとはいえ、布由子の店はたたずまいや清潔感が格段に上質だった。

よけいなものは置かれておらず、さっぱりとしていてセンスがいい。

それなりの高級感すら漂わせていた。

満枝がこの店に憧れているのは分かったが、遠慮なく言わせてもらうなら、ふたつの店には雲泥の差がある。

（おっと……とにかくいただこう）

あれこれと思いだしてしまい、箸の動きがおろそかになっていた。いかんいかんと思いつつ、敦は新たに出されたつまみにようやく箸を伸ばす。

肉じゃがだ。

一時間ほど前に入店してから、すでにビールを飲みつつマグロの刺身だのキムチ漬けだののりチーズだのを気の向くままに頼んできた。

だがとうとう、ずっと気になっていた一品を頼んだのである。

ニンジンやじゃが芋、牛肉がほかほかと湯気を上げていた。食欲を刺激する甘い匂いに、敦はたまらず胸がはずむ。

(いただきます)

心の中で手を合わせ、ニンジンを箸にとった。

口に放りこんで咀嚼《そしゃく》をすると、砂糖とみりんの甘みがじゅわっと口の中いっぱいに広がり、ニンジンそのものの旨みとなんともいえないハーモニーを奏でてくれる。

(うん、旨い)

今度はじゃが芋を歯で砕いた。

芋そのものの甘みに醤油の辛みが絡まりあって、これまた深みのある味を堪能させてくれる。

(肉はどうだ)

敦の興味は牛肉に向いた。

ふうふうと冷まし、口に入れる。

(ああ……)

肉自体もいいものを使っているようだ。そこにたっぷりと甘みが染みこみ、頬の落ちそうな食感をおぼえる。

(隠し味はなんだろう……味噌？　違うか……バター？)

敦は目を閉じ、味覚に神経を集中させた。味にコクと深みを与えているのは、まちがいなくなんらかの隠し味によるものだ。

(あっ……)

もしかしてと思い、思わず両目を開いた。

「ありがとうございました」

そのとき、店の入口のほうで鈴を転がすような声がした。見れば布由子が、会計を終えた客を見送って頭を下げている。

戸外はすでに真っ暗になっていた。柔和な笑みを美貌に残したまま、たおやかな挙措で布由子は厨房に戻ろうとする。

（おっと……）

敦は浮き立った。

布由子と目があう。美人女将はあわててさらなる笑顔になり、軽く会釈をしてカウンターの後ろに戻った。

入店してからもう何度、同じようなことがあったか知れなかった。

その理由も、もちろん敦はとっくに察している。

（ほんとに似てるんだな、俺とダンナって）

満枝が太鼓判を押したぐらいなのだ。女房の布由子が驚き、ドギマギし、意識してしまうのも無理はない。

この地を離れはしたものの、人的ネットワークはいまだに健在らしい満枝は、布由子たち夫婦の現在についてもしっかりと把握していた。

夫が浮気相手にのめりこみ、店舗兼用の自宅を飛びだし、はや一年。

夫婦が元の鞘《さや》に収まることはもう難しいのではないかという情報まで、満枝は得ていた。

（つまり……もしかしてこの女将さん、もう一年も男日照り……？）

そう考えると、敦はソワソワした。

奥ゆかしげな笑顔と上品な身ごなしの女将は、そんなそぶりはこれっぽっちも見せてはいない。

だがこの一年、どんな思いで熟れた女体を持てあましてきたことだろう。

敦は妄想の中で布由子を裸にしてしまいそうになり、ばか、と自分をなじった。

(ええい。そんなことより)

「この肉じゃが。隠し味は黒糖ですか、砂糖じゃなくて」

カウンターの向こう。

近くに来た布由子に、敦は思いきって声をかけた。

「えっ」

布由子は驚いて目を見開く。

「違いましたか。なんか、そんな気がしたものだから」

「い、いいえ。その通りです。よく分かりましたね」

まちがいだったかと頭をかいて笑おうとすると、布由子は感心したように言った。

くりっとした両目は、さらに大きく見開かれたままだ。世辞ではなく、心底驚いているらしいことが、その反応からうかがえた。

「いえいえ。もちろんただの素人なんですけど、とにかく料理が大好きで」

「そうでしたか」

「はい。いつかは自分も食べ物屋をやってみたいななんて思いながら、いろいろと研究しているんです」

　接近するチャンスは今だと、敦は勝負に出た。

「そうなんですね」

「あ、すみません。生、もう一杯」

　敦はにこやかに笑い、空になったジョッキを片手でかざす。

「はい。ありがとうございます」

　布由子は営業用の笑顔に戻り、厨房の一角にあるビールサーバーに向かった。女の細腕でビールを注ぎ、新たなジョッキを持って戻ってくる。

「実はこのお店、満枝さんっていう方に教えてもらったんです」

　ジョッキを受け取り、冷たいビールを一口飲んで、敦は布由子に言った。

「えっ……」

　するとまたしても、布由子は驚いたように動きを止める。

「満枝さん……あっ」

「思いだされましたか」

息を呑む布由子に、敦も相好をくずす。

「彼女に勧められてきたんです。食べ物屋をやるつもりなら、一度は行ったほうがいいわよって」

布由子は意外そうに敦を見た。

「あはは」

敦はごまかし笑いをし、さらにぐびぐびと喉の奥にビールを流しこんだ。

2

「それじゃ、あらためて」

「すみません、女将さん。なんだか悪い気が……」

「いいんです。特別なお客さんなんですから」

なんだかあの晩とよく似ているなと思いながら、とにもかくにも流れに身を任せた。

こんなきれいな女将とふたり、差しつ差されつできるなんて、なんて贅沢なことだろうと満枝に感謝をしたくなる。

満枝の名前を出して一気に距離をつめてから一時間ほど。

潮が引くように客たちがいなくなり、あれほどにぎやかだった店内にちょっとした静けさが訪れた。

布由子はその隙を逃さなかった。のれんを片づけ、店内の明かりを落とし、今日はもう店じまいだと宣言をした。

それもこれも、敦とふたりでちょっと飲みたいからだと言われ、くすぐったい気分になった。

食べ物屋をやりたいと一念発起してから、なんだかいろいろと棚ぼた的な幸運が自分に訪れている気がしてならない。

もっとも、弟子になりたいと強く思った純子との縁だけは結ぶことがかなわなかったが。

「じゃ、じゃあ乾杯」

「ンフフ、はい。乾杯、西野さん」

布由子の用意してくれた日本酒のお冷《ひ》やを、ふたりしてそれぞれ相手についだ。

猪口をかざして布由子を見ると、女将も白い細指に猪口をとり、色っぽい挙措で敦にかざす。

「ああ、旨い」

この県では有名な、老舗《しにせ》の造り酒屋の激レアな大吟醸酒。

お品書きには出しておらず、特別な客が来たときにだけふるまうという秘蔵の名酒を、布由子は惜しげもなく飲ませてくれる。

「とってもフルーティな感じですね」

極上の日本酒ならではの味わいにいい気分になりつつ、敦は言った。

「ええ。白ワインにも似ている、なんて言われているぐらいですから」

「ほんとだ。そう思います」

カウンターに並んで腰かけ、ともに味わう大吟醸酒について語りあった。さすがは小料理屋をしているだけあり、布由子はプロらしいうんちくを、よどみなく聞かせてくれる。

「お米の主な成分って、たんぱく質とでんぷん、あと、脂質ですよね。こういう栄養素、食べるときはありがたいんですけどお酒としてみると、雑な味わいになってしまう。だから適度に磨くことがたいせつで。大吟醸は精米歩合が五十パーセント以下のお酒ですから、かなり味がクリアになるんです」

「なるほど。分かります。あ、それと――」

こういう話は敦も大好物だ。

布由子が用意してくれた軽いつまみを肴《さかな》に、ふたりは酒を酌みかわしながら酒談義、料理談義に花を咲かせた。

「色々とよくご存じですね」

「いやいや、ただの素人です。今のところ。あはは」

布由子は敦の知識レベルに感心し、楽しそうに酒を飲み、彼にも勧めた。

玄関には鍵がかけられ、誰かが入ってくることはない。

ふたりだけの、神様からの贈りもののような時間に、敦はあらためて心で手をあわせ、礼を言った。

（女将さん、とろんとしてきた）

会話が進むほどに、飲むほどに、女将の美貌には色っぽい朱色が差し、両目もしどけなく潤んでくる。

仕事をしている間は影を潜めていた、ちょっとくだけた色香が見る見る増し、敦は会話をつづけながらも、次第に股間がムズムズと妖しい感じになってくる。

「それにしても、肉じゃがの隠し味の正体に気がつくなんて、驚きました」

椅子に体重を預け、頬を火照らせて女将は感心した。

「いえ、満枝さんの言ったとおり、どれもおいしい料理ばかりで。とっても勉強になりました」

「……元気ですか、満枝ちゃん」

先ほどもちらっと話題にはしたが、あらためて布由子は満枝を話の俎上《そじょう》に載せた。

敦は彼が知る限りの情報——話しても問題はないと思える情報を、酔った勢いで布由子に話した。

「そうですか……」

布由子は何度もうなずき、空になった猪口を両手でもてあそびつつ敦に応じる。

新たな酒をつごうとすると品よく片手でそれを制し、磨きぬかれた木のカウンターにそっと猪口を置いた。

「私の……夫のことも、なにか言っていましたか？」

「はっ!?」

「……………」

「い、いえ、特になにも。あ……とってもお世話になったとは言ってましたけど」

意味深な目つきで見つめられ、敦は返事に窮した。

「とっても……お世話に……」

「え、ええ」

「そうね……けっこう……いろいろとあったみたい……」

「はあ……」

「……」

「あは。あはは」

――私の名前、出してくれてもかまわないわよ。別に、大将との関係がばれて暇を出されたわけじゃないから。女将さんは、今でも知らないはず。

満枝の言葉が脳裏によみがえる。

だが、布由子の態度や言葉には、なにか含みがある。

もしかして満枝は重大な思い違いをしているのではないかと勘ぐりたくなる、秘めやかなものを敦は感じた。

「そうですか……」

小声で言うと、布由子は上品に微笑み、両手でピシャピシャと頬をたたく。

「どうしましょう、私ったら。ちょっと飲みすぎてしまったみたい。ンフフ」

「だ、大丈夫ですか」

色っぽく笑う布由子は、ドキッとするほど艶やかだった。敦は落ちつかなくなり、心臓を脈打たせる。

「ええ、平気です。ごめんなさい、ちょっとお手洗い……」

恥ずかしそうに言うと、布由子は椅子から降りて立ちあがり、敦を見た。

「夫の容姿とか……なにか言っていませんでしたか、満枝ちゃん」

「えっ。あ、いや、特に、これと言って」

「ほんとに？」

「は、はい」

「そう……きゃっ」

「わわっ。大丈夫ですか」

布由子はトイレに向かおうとし、足をもつれさせて転倒しかけた。敦はあわてて椅子から飛びだし、両手で布由子を抱きとめる。

「すみません、いやだ、私ったら。調子に乗って飲みすぎてしまったみたい」

「平気ですか」

「ええ、大丈夫……あの……な、なにか……私のお酒について、満枝ちゃんから聞いていますか」

「え、どういうことですか。えっと……いや……特にこれと言って」

「そう？　きゃっ」

「あわわ。ちょ……歩けますか」

思っていたより、布由子は酔いが回っていたようだ。トイレに向かおうとしているのに足もとがふらつき、今にも倒れてしまいそうである。

「ごめんなさい。あの……ごめんなさい、もしよければお手洗いまで……」

「えっ。あ、いいですよ」

「いやだわ、私ったら。女将失格ですね」

「そんな。足もと、気をつけて、女将さん」

敦は着物姿の美女を支え、トイレにいざなった。トイレは、敦が座っていたカウンターの端とは、反対側の端の近くにある。

L字型をしたカウンターにそって歩き、目の前の壁の右端にあるトイレへと向かった。

目隠しののれんが店とトイレのスペースを隔てている。のれんをくぐると洗面所のコーナーがあり、その奥にトイレがあった。

（そういえば）

敦は思いだす。

店に来てから一度だけ用を足した。

トイレは、古い和式の便器。

ドアを開けると少し先から一段高くなり、奥へと伸びる形で和式便器がしつらえられている。

つまり中に入った者は、店に対して背中を向ける形で用を足すことになる。

(女将さんが、あの和式便器で用を。あ……)

そんなことを思うと、反射的に股間がキュンとうずいた。

いけない妄想をたくましくしてしまう敦がいる。

やめろばかと、自分をなじるも、現実問題、美貌の女将はこれからそのトイレで排泄をしようとしていた。

「ちょっと……ここで待っていていただけますか」

「えっ」

「ごめんなさい。こんなこと珍しいんですけど、飲みすぎてしまったみたいで。ちょっと自分に自信がなくて」

「女将さん……」

たしかにそうかも知れなかった。恥ずかしそうに言う布由子の顔は、先ほどまでよりさらに真っ赤に火照っている。

知らない間に、一気に酩酊感が強まってしまった可能性がある。

「い、いてもいいのなら」

敦はぎくしゃくと布由子に言った。

「いてください。お願い、待っていて」

酔いが増したらしい布由子はすがるように言うと、壁に手をつき、よろめきながらドアを開閉してトイレに入る。

（いいのかな）

そばにいてくれと言われはしたものの、本来ならばあり得ないシチュエーション。

大人の女性が用を足そうとしているそばに、男がいるのである。

3

（――っ。は、始まっちゃった）

バクンと心臓が、ひときわ大きく脈打った。

閉じたドアの向こうで、シュルシュルという淫靡な擦過音が聞こえだす。

いや。

聞こえはじめたのは放尿の音だけではなかった。

……じょぼぼ。じょぼぼぼぼぼ。

(ああ……)

擦過音以上に大きな音で、噴きだした小水が便器の水だまりに飛びこむ音が聞こえてくる。

その音を聞く限り、布由子が相当尿意を我慢していたらしいことは明白だ。

(やばい……やばい。ああ……)

どんなに理性をかき集めようとしても、どうやらこちらも思ったより酒が回っている。

禁断の音を聞くと、トイレの近くにさらに近づき、ドアに耳を押し当てたい欲望にかられてしまう。

「……くっ⁉」

(い、いかん。いかんいかんいかん!)

本当にトイレに近づきそうになり、敦はあわてて飛びのいた。いくらなんでも、そんなことをしてしまっては仁義に反する。布由子は敦を信じたからこそ、ここにいてくれと頼んだのだ。

(少し離れて待っていよう)

……ギイィ。

(……えっ)

落ちつけと自分を叱り、ちょっぴり距離をあけようとトイレに背を向け、歩きかけたそのときだ。

突然背後で、ドアが軋むような音がした。

驚いて、敦は振り返る。

「あっ！」

「きゃあああ。いやあああ」

「えっ、ええっ？」

敦は我が目を疑った。

こんなことがあるのだろうか。

やはりかなり、女将は酔いが回っているのか。ドアに鍵もかけないどころか、しっかりと閉じることもなく放尿をはじめていた。

そのせいて、ドアが開いてしまったらしい。

眼前に、こちらに尻を向けて和式便器にまたがる、美人女将の排尿姿が露わになった。

女将は驚き、何度もこちらを向いて悲鳴をあげる。だが、はじまってしまった生理現象は途中で止められない。

「おおおっ、女将さん……」

敦は完全に固まり、信じられない光景に目を見張った。

先ほどまで、上品な仕草とともに店の中にいた美熟女が、大胆に腰まで着物と襦袢《じゅばん》をめくりあげている。

しかもただそうしているだけでなく、股を開いて便器にしゃがみ、こちらに大きな尻を突きだしていた。

太ももの半分ほどのところに、丸まった純白のパンティがまつわりついている。

今こうしている間にも、しぶきをあげた小便が勢いよく便器の水溜まりに飛びこんでいく。

……じょぼぼぼ。じょぼぼぼぼぼ。

「いやあ、ど、どうしてドアが……み、見ないで、西野さん。見ないで。お願いです。いやあああ」

「おお、おおお……」

パニックになった布由子は、我を忘れてとり乱す。

つい今し方まで見せていたすべてが品よく奥ゆかしかった分、和式便器にまたがり、尻を丸だしにして小便をするその姿は破壊力がすさまじかった。

自分の中から理性や常識、道徳観が一気に吹き飛んでしまうのを敦は感じた。

すぐにでもドアを閉じなければならないなんて、誰に言われるまでもなく分かっている。

それなのに、もはやどうしても動けない。

一度は興奮をこらえようとしたその分だけ、我慢の反動はすさまじかった。

……じょぼぼぼぼ。じょぼぼぼぼぼ。

「おお、女将さん……」

「いや。いやいや。ヒッ──」

それはまさに、常夜灯に吸いよせられる蛾《が》にでもなったかのよう。敦はフラフラと、小便をする美人女将に近づきはじめる。

「ヒイィ。来ないで。来ちゃいやあ。お願いよう。こっち来ないでえええっ」

「ああ、もうだめだ。女将さん。女将さん！」

「きゃあああ」

小便をする女将にあてられ、敦は非道な男と化した。

美熟女に駆けよると、両手で大きな尻をすくうようにあげる。

「いやあ。いやあああ」

言うまでもなく、女将はまだ放尿の途中。

しかし敦の脳裏には、思いだしてはいけない満枝の言葉が、ぐわんぐわんと反響までして鮮烈によみがえる。

——前に勤めてた小料理屋の女将さんも言ってた。清めてもいない身体をダンナに舐められて、恥ずかしいけどメチャメチャ燃えあがっちゃったって……。

「お、女将さん。こんなことされたら……興奮しますか」

問いかける声は昂《たか》ぶりのせいで無様に震えた。

中腰にさせた女将の後ろにひざまずき、ガッシとふたつの肉尻をつかむと、舌で肛門をれろんと舐める。

「うあああ」

そのとたん、女将の女体がビクンと痙攣した。

「ああ、なにをするの。やめて。そんなこと……まだ私おしっこ——」

「本気ですか。嘘ついてませんか。んっんっ……」

……れろれろれろ。ピチャピチャ、ねろねろ。

「ああああ。やめて、だめだめえンン。ああ、おしっこが……いやあ……」

中腰の体勢で踏んばらされ、女陰から飛びだす小便は、もはや便器の中になどおとなしくおさまらない。

白い便座やまわりの床にビチャビチャと飛びちり、白い湯気とともにアンモニアの匂いが広がる。

「ああ、女将さん。肛門に汗をかいてる……はぁはぁ……興奮するんでしょ、こういうことをされると」

「えっ、ええっ？」

「いいんですよ、我慢しなくても。俺、いろいろと聞いてます！」

「あああ。そんな。そんな、そんな。あああああ」

熟女の動きを封じたまま、敦は両手で尻を割り、露わになった秘肛に雨あられとばかりに舌の責めをくり出した。

女将の尻の谷間は、忙しく働きつづけたせいか、じっとりと汗をにじませている。

舌ですくって執拗に舐めれば、淫靡なしょっぱさにピリピリと舌先がしびれてペニスがうずく。

「いやああ。アン、困る。いやン、いやン、そんなことされたら……ああ、おしっこが、おしっこがああン。ああああああ」

「はぁはぁ。はぁはぁはぁはぁ」

布由子のあえぎには、艶《なま》めかしさが加わりはじめた。

なんのかのと言いながら、いやらしいことをされて感じてしまっているのは火を見るよりも明らかだ。

肛門を舐められるたび、ビクン、ビクンと熟れた女体が痙攣する。

そのたび女将はつい腰をしゃくってしまい、淫肉から飛びだす小水が波打つ卑猥な動きに変わる。

湿った音を立て、便器のまわりに小便が飛びちった。女将は草履や足袋が濡れるのをいやがり、さらに両脚を大きく広げる。

（ああ、えげつない）

それはなんとも下品な眺めだった。

上品なはずの女店主が、相撲取りが蹲踞《そんきょ》をするようなポーズになって、なおも媚肉から小便を噴く。

「あああ。あああああ」

「でもって……はぁはぁ……こんな風にされるともっと興奮するんじゃないですか」

「ヒイイィン」

アヌスに舌の責めを見舞いつつ、脇から手を回し、女将のクリ豆を探り当てた。

……くにゅり。くにゅくにゅ。

「うああ。うああ。ああ、いやン。ハッヒイィン」

「はぁはぁ。はぁはぁはぁ」

肛肉を舌で舐めつつねちっこく陰核をあやせば、布由子はさらに激しい快感の虜《とりこ》になる。

「あああ。あああああ」

あまりの快《こころよ》さにもはや理性など吹っ飛び、美貌の女将はあんぐりと口を開け、獣のように吠えた。

ワレメから飛びだす小水も、力《りき》むせいか、さらにピューピューと勢いを増す。

むきだしになったやわらかそうなお腹が、何度もふくらんではもとに戻る動きをくり返した。

シュルシュルという耳に心地いい擦過音が緩急をつけて大きくなったり小さくなっ

たりし、そのたびほとばしる小便が、勢いと量のどちらをも変える。

「ああ、女将さん。いやらしい」

「ヒィィン、もうやめて。恥ずかしい、恥ずかしい。あああ。あああああ！」

……ビクン、ビクン、ビクン。

「ハァン……」

「おお、女将さん。はぁはぁ……」

ついに布由子は女の悦《よろこ》びを極めた。

細長いトイレ。

左右の壁に突っ張り棒のように両手を伸ばして身体を支え、雷《かみなり》に打たれでもしたかのように、派手に身体を痙攣させる。

少し距離をとって鑑賞すれば、女将はなんとも品のない中腰のガニ股開脚姿。人には見せられない恥ずかしい格好のまま、何度も肢体をふるわせる。

水蜜桃《すいみつとう》を思わせる大きな尻肉に淫靡なさざ波が立った。

新鮮な空気でもむさぼり吸おうとするかのように、唾液まみれの肛門が開口と収縮をくり返す。

力むたび、小便の残滓がどぴゅ、ちょろちょろと便器の水溜まりに飛びこんだ。

唾液の貼りつくべっとりとした肛門が、開閉するたびニチャニチャと粘度の高い汁音を立て、穴の上下に何本もの糸を伸ばした。

4

「さあ、女将さん、お待ちかねでしょ。汚いマ×コを思いきり舐めてあげますよ」

期せずして、満枝のときとよく似た展開になった。

まずは店のスペースで、前戯的な行為によって意思の疎通を果たした。続いて、敦と布由子の二回戦は自宅へと場所を移す。

しかも、「いやよ、いやよ」と言いながら、布由子が敦を導いたのは、なんと二階の夫婦の寝室。

八畳ほどの洋室の真ん中に、大きなダブルベッドが置かれていた。部屋にはアンティーク風のドレッサーもあり、おしろいの香りが満ちている。

「あァン、いやあ。脱がさないで。いやあ……」

(まったく、よく言うなあ)

ベッドに仰臥《ぎょうが》させ、着ているものを脱がせようとした。割烹着をむしりとり、着物の帯をシュルシュルととく。

舐められる気満々のはずなのに、布由子はなおも哀切な声をあげていやがった。恥じらって、この場から逃げ出すようなまねまでする。

もう一度言おう。

まったくよく言うものである。そもそも、この部屋に敦を連れてきたのは当の本人なのである。

今にして思えば、トイレのドアがあんな風に開くのも妙な話だ。

ふつうに考えたら、いくら酔っていたとはいえ、用を足そうとするのだから鍵くらい本能的にかけるだろう。

それなのに、布由子は鍵をかけないどころか、なぜだかドアは向こうからこちらに開いた。

どう考えても、誘われたとしか敦は思えなくなっている。

だがたとえ、すべてが布由子の奸計《かんけい》だとしても問題はない。

(なにしろ俺、旦那に似ているみたいだし……それに、こんなムチムチしたエロい身体だもんなあ)

心で感嘆のため息をこぼし、敦はさらに布由子を脱がせる。

「いやよ、いやよ、ああン、脱がさないでぇ……」

「ほら、女将さん、暴れないで」

「いやン、恥ずかしい。あなた……あなたアアンン……」

いやがる女将に有無を言わせず、といた帯をベッドの下に放り投げた。着物の合わせ目を左右にはだけさせれば、熟れに熟れた四十路間近の女体が、闇の暗さを跳ね返すように白磁の美肌といやらしさを見せつける。

（ああ、いいなあ）

完熟の果実顔負けの甘い香りを振りまいて、禁断の肌がさらされた。

時間がここまで熟成させた極上の女体は、まさに食べごろのメロンのよう。

甘い香りを惜しげもなく放ち、ジュクジュクした熟れっぷりで、たとえば乳に指を埋めたら、ピュピュッと果実が噴きだしてすら来そうなほどだ。

（旨そう）

ごくっと唾を呑んで、敦は思った。

今宵のメイン料理は、まちがいなくこのデリシャスな肉体だ。

胸もとで重たげにはずむのは、Hカップ、百センチはありそうなバレーボール並みの巨乳である。

量感あふれる豊満な乳は、官能的な丸みを見せつけてダイナミックにはずんだ。ハの字に流れ、たいらにひしゃげてゼリーのように艶めかしく震える。

乳の大きさに比例して、乳輪もそこそこの大きさだ。暗い鳶色をした円の中央で、大ぶりな乳首がギンギンに勃起して丸くなっている。

股間はすでにまる見えだった。

脱がせたパンティは相変わらず、太ももの半分ほどのところで二本の脚にまつわりついている。

「アアァン……」

敦はパンティを脱がせると、背後も見ずにほうり投げた。

両の肩から着物をずらし、身体の下から引き抜いて床に放れば、三十九歳の裸身がとうとう闇にさらされる。

「女将さん……」

「ああン。いやあ……」

間髪を入れず敦は自らも、人妻につづいて生まれたままの姿になった。

「——ひっ」

闇の中に、布由子が息を呑む音が聞こえる。

「はうう……」

見れば、はじかれたようにあらぬ方に顔を向け、くなくなと裸身を悶えさせた。敦の股間から反りかえる、規格はずれの勃起を目にしたことは明らかだ。

「そら、舐めてやりますよ」

「いやああ」

敦はサディスティックに、女将のむちむちした脚を左右に開かせた。

とにかく太ももの健康的なボリュームがすごい。太もも好きならこれだけで、なにもしていなくても射精してしまうかもしれない。

そんな太ももを強引に開かせて凝視すれば、ヴィーナスの丘には猫毛を思わせる陰毛が、刷毛ではいたような淡さで茂っていた。

その下にあるのは、用を足したというのに紙で拭いてもいない汁まみれの女陰。肉厚のラビアをべろんとめくり返らせ、下品に潤む粘膜を闇の底でぬめり光らせる。

「そらそら、女将さん、きれいにしましょうね！」

それが乳繰りあい再開の宣言となった。

布由子はいやいやとかぶりを振り、哀れに穢《けが》され、蹂躙される人妻の役割をつづけようとした。

「いやあ。舐めないで、舐めちゃいや。汚いわ。汚いンン。ああああ」

「汚いからきれいにするんじゃないですか」

「き、汚いって言わないで。汚くない、そんなに汚く……ああ、許してええ」

言っていることは、すでにメチャメチャだ。

いやがって暴れてみせる熟女をものともせず、敦は股のつけ根で彼を誘う、ぬめるワレメにむしゃぶりついた。

「キャヒイィン」

「おおお、女将さん……この香り、たまりません。スンスン」

「いやあ、嗅がないで。匂いなんて嗅いじゃいやあ。あああ」

「スンスン。スンスンスン」

「うああ。あああああ」

顔を押しつけるやそれだけで、アンモニアの匂いと小便の湿りが敦の顔面いっぱいを襲った。

匂いを嗅いで辱めれば、女将はおもしろいほど興奮し、恥じらいながらもブチュブチュと泡立つ蜜を肉壺から分泌する。

「はぁはぁ……さあ、きれいにしましょう。きれい、きれいにね。そらそらそら」

……ピチャ。ねろねろ。れろれろ、れろん。

「うああぁ。恥ずかしい。汚いわ、汚いンン」

「あれ、そんなに汚くなかったんじゃありませんでしたっけ。んっんっ……」

「あああ、舐めないで。あなた、助けて、あなた。あなたあああ……」

（今でも、出ていったダンナを待っているのかな……）

艶めかしい声をあげてよがる女将の女陰にお清めクンニをしながら、敦は胸を締めつけられた。

先ほども、布由子は夫に助けを求めた。

多分に芝居がかってはいたが、いずれにしても、助けを求めようとする相手が夫である事実に変わりはない。

とっくに未練のみの字もなければ、いくら芝居でも助けなど求めはしないだろう。いや、そもそも夫に似ているという敦に心と身体を許している時点で、女将のせつない本音はいわずもがなである。

「あおおおン。な、舐められてる。舐められちゃってるンン。おしっこしたばかりのアソコを。恥ずかしい。恥ずかしいンン。ああああ」

「はぁはぁ……おいしいですよ。女将さんのおしっこのなごり。ピチャピチャ……」

「ヒィン。そんなこと言わないで。恥ずかしい。誰か……あ、あなた……あなたあ。あああああ」

「あっ……」

……ビクン、ビクン。

(軽くイッた……)

やはり羞恥心を刺激されるプレイが、女将はことのほかお好みのようだ。こんな性癖を覚醒させた当人である夫への恋心が簡単にはなくならないのも、無理はないのかもしれない。

(あんた、罪な人だよ、ダンナさん)

クンニの快感だけでまたもアクメに突きぬけた人妻を見ながら、敦は心でその夫を思った。

5

「はぁはぁ……さあ、女将さん。舌のお清めも終わったことですし、今度はこれで、さらに清めてあげますね」

我ながら、言っていることがどんどんおかしくなっている。舌のお清めぐらいならまだ分かるが、肉棒でお清めとは、さすがに意味不明である。

だが、そもそも男女のまぐわいなど、いつだってどこかおかしなものではないだろうか。

理性の鎧《よろい》などまとっていたら、とてもではないが裸になって、ペニスとワレメをひとつにつなげてアヘアヘと騒ぐなどできはしない。

「ハアァン、西野さん……」

「ほしくないですか、女将さん。ほら、これ。これ」

……グチョグチョグチョ！　ネチョネチョネチョ！

「うああ。あああああ」

正常位でひとつにつながろうとした。仰臥する熟女の股の間に陣どり、ペニスを手に取って亀頭でワレメを上下に擦る。

それだけで人妻は、またしても別人のよう。

小料理屋の店内で見せていた、どこか楚々とした姿などすべて幻想だったのではないかと思うほどの落差を見せつけ、喉ちんこまでさらして淫らな声をあげる。

くなくなと身をよじり、言葉にできない卑猥な思いをはしたない声で敦に伝える。

やはり、秘めた好色さは隠せなかった。

秘割れをほじるようにペニスで抉れば、熟女もまた腰をしゃくり、自ら股間を猛る鈴口に擦りつけてくる。

膣にはさらに粘液があふれた。それが亀頭で攪拌《かくはん》され、ブクブクと蟹の泡さながらにあぶくを増やす。

「い、挿《い》れますよ、女将さん、いいですね」

この店を訪ねた目的は、言うまでもなく布由子の店とその料理の手腕を体験するためだった。

だが心のどこかでは、もしかして自分はこんな展開もどこかで期待してはいなかったか。

敦はそう思った。

布由子という女に対して抱いた興味は、決して料理人としてのものだけだったのではないことを認めざるを得なかった。

「くぅ、女将さん……」

――グチョグチョグチョ！　ネチョネチョネチョ！

「ヒイィン、い、挿れて。ねえ、挿れてぇンン」

「女将さん……旦那さんのチ×ポじゃないけどいいですか」

「い、いいの。ダンナのち×ちんじゃなくてもいい。お願いだから虐《いじ》めないで。ねえ、早く挿れて。お願いよおおう」

「うう、女将さん。うおおおおっ！」

――ヌプッ！

「うあああああ」

――ヌプヌプヌプッ！

「あああ。ああああああ」

「くぅぅ……すごいヌルヌル……」

敦はせがまれるがまま、とうとう根もとまで、猛る勃起を熟女の膣に挿入した。

ひょっとして、やはり久しぶりの男根なのか。

怒張を迎えた肉洞は歓迎の意を示すかのように、吸いつく強さであちらからこちらからペニスに密着し、ちゅうちゅうと吸い立てるような刺激を注ぎこんでくる。

（うわっ。うわああ……）

あまりの快さに鳥肌が立った。

布由子の裸身はじっとりと汗の湿りを帯びている。そのせいで、膣だけでなく熟れた美肌も吸いついた。

「アハァァ……」

敦は女将をかき抱くと、衝きあげられるような思いとともにカクカクと腰をしゃくりはじめた。

……ぐちょっ。ぬぢゅっ。

「うあああ。アァン、に、西野さん。ああ、西野さん。ふわっ。ひはぁぁ」

肉スリコギを暴れさせはじめるや、布由子はますます狂乱した。

敦の身体の下でいっときも止まることなくその身をよじり、秘穴をほじくり返される悦びによがり泣く。

「あっあっ。ヒイィン。うあああ。ひ、引っかかる。ち×ちんがアソコに……ああああ、いっぱいいっぱい引っかかって。アッハアァァ」

「はぁはぁ……女将さん。マ×コがチ×ポを締めつけます。ああ、気持ちいい！」

「アッハアァ。知らない。知らない。アソコが勝手にあああ。引っかかる。気持ちいい。いやン、すごい奥まで……奥まであああああ」

「おおお……」

クチュクチュと汁っぽい音を響かせ、ふたりは性器の擦りあいに溺れた。

見れば布由子は早くもちょっとしたトランス状態。両目を剝《む》き、奥歯を嚙みしめ、白い首すじをあだっぽく引きつらせる。

両手を髪にやってはじかれたように振り下ろしたり、またしても髪に指を埋めては、「あああ。ああああああ」とズシリと低音の響き混じりの声をあげる。

（だ、だめだ。気持ちよくて……そんなにもたない！）

ただヌルヌルとしていて狭いだけでなく、女将の胎路はちゅうちゅうと、陰茎を吸い立てるような淫靡な蠢《うごめ》き具合を見せた。

それだけでも、今すぐにでもゴハッと精を吐いてしまいそうな快さ。

加えて奥ゆかしかったはずの人が、秘め隠していた素顔をあられもなく敦にさらす。

「あああ。奥いい。奥いいん。おっきいわ。おっきい、おっきい。ハアァ」

「お、女将さん……オマ×コ気持ちいい？」

「うああ。ああああああ」

「ちゃんと言って。オマ×コ気持ちいい？」

「あああ。気持ちいい。気持ちいいの。久しぶり。こんなのほんとに久しぶり。ああああああ」

「どこが気持ちいいの？」

我を忘れて吠えるアラフォー美熟女に、なおも敦は返事を求めた。

布由子は敦を見ようとしない。

夢と現実のあわいをさまよいでもしているかのように、しどけない顔つきでかぶりを振り、ガクガクと手を動かし、髪をかきむしり、「うぅ、うぅ」と首すじを引きつらせる。

「うおお。うおおおお」

「言って、女将さん、どこが気持ちいいの？」

「おおお、あああぁ」

「言いなさい」

「マ、マ×コ。マ×コなの。マ×コ。マ×ゴオオオオッ」

ようやく白い喉からほとばしりでた卑語は「オ」すらつけてはいなかった。

とてもではないが小料理屋の客のままだったら、この人がこんな卑語を口にするとは信じられない。

だが現実に、女将はすでに、よそ行きの顔などかなぐり捨てて生殖の快感に酩酊している。

「おおお。おおおおお。マ×コいい。マ×コの奥いいん。ねえ、もっとして。もっとしてぇえ。おおおおお」

「はぁはぁ……女将さん、もっとほじくり返してほしいの？」

――パンパンパン！　パンパンパンパン！

「ヒイィン。あっあああ。ほ、ほじって。いっぱいほじって。硬いち×ちん気持ちいい。すごくいいの」

「チ×ポでしょ」

「おおお、チ×ポ。チ×ポ、チ×ポほほほおお。チ×ポでほじって。マ×コほじって。ああ、イイ。イイ。イイインッ！」

「ああ、もうだめだ」

「うああ。ああああ」

度しがたい激情が、敦の全身に大粒の鳥肌を立てさせた。

Hカップ、百センチはある爆乳を鷲づかみにする。

これはまた、なんととろけるような手ざわりか。

マシュマロをつめた練り絹をせりあげ、揉みこねているような心地で乳を揉み、頂点でしこる乳首を擦りたおす。

「ヒイィン。ンッヒイィ。ああ、乳首もいい。もうだめ。もうだめぇ。イッちゃう。

イッちゃうンンン！」

「おお、女将さん！」

両手でグチャグチャと乳を揉み、むしゃぶりついた乳首を夢中になって吸いながら怒濤の勢いで腰を振る。

「ああん、とろけちゃうンン」

布由子はこれまで以上に巨大なアクメが迫っているようだ。

目を見開き、髪をかきむしり、ぎくしゃくと手足を暴れさせては、人が変わったような淫声をあげる。

「うおお。おおおおお」

「くうぅ、女将さん」

乳から手を放し、渾身の力でかき抱いた。暴れる熟女を抱擁し、狂ったように腰を振る。

カリ首に膣ヒダが引っかかり、甘酸っぱい火花が花火のようにひらめいた。こらえようのない射精衝動が膨張し、口の中いっぱいに唾液が湧く。

(イ、イクッ！)

「うおおおお。来る……来る来る、グルウウッ。ご、ごんなのはじめで。ごんなのはじめでええ。おおお。おおおおおっ」

「女将さん、出る……」

「うおおおお。おっおおおおおおっ!!」

——どぴゅどぴゅ、どぴゅう！　どぴっ、どぴどぴ、どぴぴっ！

（気持ちいい）

布由子を抱きしめたまま、敦は中空高く浮遊したような気持ちになった。

すべてを燃えつくすかのような激情に身を委《ゆだ》ねていたはずが、一転して、なんともやさしい気持ちになる。

陰茎は、女将の膣に根もとまで埋まっていた。

ドクン、ドクンと脈動すると、太くなる肉幹に押しあげられ、小さな膣穴もいっしょに広がる。ピンク色をした皮を突っ張らせてはもとに戻り、まだなお陰茎に吸いついて離れない。

「あっはあぁ、すごい……いっぱい……注がれてる……私の、なか、に……」

「——っ。女将さん……」

女将はビクビクと痙攣しながら、中出しをされる被虐の悦びを口にした。

薄桃色にゆだった肌から汗の甘露が噴きだす。甘い汗の香りに顔を撫でられながら、敦はあらためて熟女をかき抱いた。

「あ、ありがとう……西野、さん……私ったら……飲みすぎてしまったみたい……」

「いえ、とんでもない。俺こそ、いろいろと……すみません……」

ゆっくりと、互いに理性を取りもどしながら、ふたりはそれぞれ、礼を言ったり謝ったりする。

目の前には、店の中にいたあの女性が、いつの間にか戻っていた。

「気持ちよかった……満枝ちゃんから、聞いてるんでしょ、私の夫のこと」

愛おしそうに、敦の頬を撫でつつ、甘い声で布由子は言う。

「あ……ええ。まあ、ちょっとだけ……」

「だから、あなたをここに来させてくれたのね、あの娘《こ》……ンフフ……」

「女将さん……」

うっとりとした目で布由子が見ているのは、敦だったか、それとも帰らぬ愛《いと》しい夫か。

敦にはよく分からなかった。

分からなかったが、布由子が飽くまでいつまでも、敦は熟女に好きなだけ頬をさわらせ、髪を撫でさせ、何度もギュッと抱きしめさせた。

ちなみに、あとで満枝に聞いたところでは、布由子は恐ろしいほど酒に強いとのことだった。

第四章　甘尻妻をねぶって

1

その甘味処《かんみどころ》は県の東部、R市にあった。

布由子とのピロートークの中で話題になり、敦は俄然興味を持った。

甘味処もまた、敦にとってはあこがれの世界。

酒も好きだが甘いものもそれと同じぐらい好きな敦は、以前から関東近郊の甘味処もあちこち回っていた。

だが、うかつにも同じ県内にあるその店のことはチェックから漏れていた。

しかしそれもしかたがないかもしれない。

ネットでは積極的な情報発信をしておらず、マスコミからの取材などもすべて断っているという。

――知る人ぞ知るっていうのは、ああいうお店のことを言うんだと思うわよ。

いずれはなにか食べ物屋をはじめてみたいと夢を語る敦に、布由子はそんな情報をもたらしてくれた。

食の世界でもっとも信頼度が高いのは、やはり口コミだ。旨いものを良心的な価格で提供している店は、たいがい評判がいい。

この店も口コミだけで噂が噂を呼び、連日大繁盛という話だったが――。

(たしかにすごいや)

満員御礼の店内を見回し、敦は感心する。

一時間ほど並んで、ようやく入店できた。昭和レトロな雰囲気を濃厚に忍ばせた古い店は、言ってみればどこにでもあるような田舎の甘味処である。

しゃれっ気や現代的なセンスなどとは無縁もいいところ。大衆食堂的な内装は、すがすがしいまでに我が道を行っている。

それなのに、開店前から通りに沿って、布由子が言ったとおり長い行列ができた。

たしかに休日ではあるが、これだけの客を集めるとは、やはり店の主《あるじ》はただ者ではない。

味で勝負しているのだ。

「はい、お待たせぇ」

（あっ……）

店の主はよぼよぼと厨房から出てきた。

店もレトロなら、店主もレトロな味わいの老婆である。

お待ちかねだったのは、若い夫婦と五歳ぐらいの女の子という家族連れ。女の子は幼い顔にいっぱいの笑顔を浮かべ、老婆を呼ぶ。

「オババぁ」

どうやら常連のようである。

「はいはい。ゆっくり食べていってね。いつもありがとさん」

「ありがとうございます」

母親が生真面目に会釈をし、娘と目をあわせて笑う。

布由子の話では、老婆は御年七十七歳。

みんなから、敬意とともにオババと呼ばれるその人は、名を仁科八重《にしなやえ》という。

八重――いや、オババはしわしわの顔に満開の笑みを浮かべ、注文された品々をテーブルに置いた。

父親は大福まんじゅうを、母親と娘はボリュームたっぷりのあんみつを注文したらしく、それぞれが相好を崩してわいわいとやっている。

店内には、そんな笑顔がいたるところで見られた。

四人がけのテーブルが三席、ふたりがけが三席。

基本的に相席にはしないらしく、敦はふたりがけのテーブルをひとりで独占して注文した品を待っていた。

外にできているすさまじい行列を思えば、おひとりさまで卓を占拠していることに申し訳ない気持ちになる。

(それにしても、あのおばあちゃんが甘味の名人とはね)

背中を丸めて厨房に戻っていく老婆を、敦はほれぼれと見送った。

布由子に聞いた話では、江戸時代からつづく和菓子屋の娘として生まれ、小さなころから家の仕事を手伝って大きくなったという。

そして嫁いだ先がこの甘味処など、いくつかの食べ物屋を経営する一族だった。夫に命じられるがまま、あれこれと手がけさせられるうちに、甘味名人として才能を開花させたそうである。

(やっぱり、手に職をつけるには若いころからしっかりやらないとだめなのかも。俺、時間を無駄にしているんじゃ……)

「お待たせしました」

心の中であれこれと思っていると、鈴を転がすような声がした。

(あっ)

目を上げる。

そこにいた女性を見て、とくんと胸をはずませた。

この店のパートの女性か。

アップにまとめた髪をバンダナで包み、先ほどからせわしなく、ホールと厨房を行ったり来たりしていた。

白いブラウスにブルーのデニムというカジュアルな装い。

薄いピンクのエプロンをして注文を取ったり、品物を客に運んだりしていたが、気立てのいい女性らしく、とにかく愛想がいい。

ニコニコと親しげに笑う様子を見ているだけで、いつしか敦はこの女性に好感を持つようになっていた。

年のころは、二十代後半。

もしかしたら三十路《みそじ》を迎えたかどうかというところ。

すらりと細身で、髪をショートにしているせいもあり、ボーイッシュな雰囲気をただよわせている。鼻筋がすらりと通り、顔立ちは端正だが、どこかあどけないイメージも残していた。

胸のふくらみは控えめだ。

だがヒップのほうは、細身に似合わぬ迫力で、デニムの生地をパツンパツンに張りつめさせている。

「すみません、あんみつでよろしかったですか」

淫靡な視線で盗み見られているとも知らず、女性は愛くるしい笑みでたしかめた。

「は、はい」

「どうぞ。遅くなってごめんなさい」

「いえいえ……」

女性はフレンドリーに笑いながら、敦のテーブルであんみつをととのえた。

人気商品ぞろいのこの店のラインナップの中でも、特にお勧めだと布由子に太鼓判を押された逸品。

ようやく待望の品が届いたと、敦は相好を崩す。

「ウフフ。ごゆっくり」

（あ……）

しまった、にやけた顔を見られてしまったと舌打ちしたい気持ちになった。

女性は鼻にしわを寄せて笑う。

かわいい。

敦はまたもドキッとした。

「――あっ、はい。ありがとうございました」

すると、一組の客が席を立ち、会計に向かおうとした。気づいた女性は明るい声で応じ、入口付近に設けられたレジに足早に近づく。

（やっぱり大きい。意外にエロいぞ……）

そんな女性の後ろ姿――とりわけ迫力たっぷりのヒップに視線を吸着させ、敦は唾を呑んだ。

ブルーのデニム生地を窮屈そうに押しあげ、白桃を思わせる大きな尻がプリン、プリンと左右に揺れている。

もっと余裕のあるデザインのジーンズをはけばいいのにと思うものの、ヒップ以外の部分は自然にフィットしているので、もしかしたらこうしたパンツ選びも、この尻だとなかなか難しいのかもしれない。

（旨そうだなあ）

敦の視線は、ほの暗さを増して女性の尻にさらに吸いつく。

ふたつの丸みがボリュームたっぷりに張りつめれば、尻の谷間もまたセクシーなへこみを作っていた。

後ろから見るとスタイル抜群なのに、尻だけが肉体の黄金比を逸脱している。神様はまた、なんと男泣かせの身体をこの人に与えたものか。

（おっと、いかんいかん）

こんなことをするために、この甘味処を訪ねたわけではなかった。

まったくこのごろ自分はどうかしていると、敦は女性の尻から視線を剝《は》がし、目の前のあんみつに注目する。

あんみつは「餡蜜《あんみつ》」と書く。

つまり、みつまめに餡がドッキングした和菓子。

細かいキューブ状にアレンジされた寒天に、赤えんどう豆やあずき餡、干しアンズなどが加わって、黒蜜、あるいは白蜜をかけたらできあがりだ。

発祥は、東京の銀座と言われている。

老いも若きも、日本人なら好きな人が多い和菓子で、夏の風物詩としても有名だ。

だが、本当に旨いあんみつが食せる店は、じつはそう多くない。かく言う敦も、がっかりした経験が少なくなかった。

(ここはどうだ)

スプーンを手に取る。

いただきますと手をあわせ、いよいよあんみつとの幸せなバトルのはじまりだ。

まずは四角く切った寒天数個と赤えんどう豆をすくい、口に入れた。

(おお……)

奥歯でかみしめる。

黒蜜は、豊饒なコクと甘みが秀逸だ。

そして、歯ごたえを感じさせる寒天の弾力。さらには、いいあんばいに塩の効いた赤えんどう豆の食感にも心が華やぐ。

(この蜜、黒糖と白砂糖のバランスがかなりいいな。でもって……)

ムシャムシャと咀嚼しつつ、敦はうっとりと目を閉じた。

(この寒天……まちがいなく国産だ。伊豆あたりだな、この天草は。赤えんどう豆と蜜の組み合わせも言うことないし)

さすがは布由子がプッシュした、隠れた名店。そんじょそこらのあんみつとは、やはりモノが違った。

（餡はどうだ）

いやでも期待を煽《あお》られ、今度はあずきの餡に向かう。

ヘラを使って上品に器に盛られているのもじつにいい。食欲をそそられる餡の眺めに、敦の心は一段とはやった。

ドキドキしながらスプーンにすくい、口に運んで歯でプレスすれば――。

（おおお……）

上質なあずきの風味が口いっぱいに広がった。あずきの良さが見事に活かされた餡の甘みに、敦は恍惚《こうこつ》とする。

（これは多分、十勝《とかち》産かなにか……かなり時間をかけて煮こんでいるぞ。しかも、濾《こ》しかたも年季が入っている。メチャメチャ丁寧に濾されているな、この餡）

敦はうなりそうになった。

押しつけがましくない、控えめな甘さ。

さらりとなめらかな餡の舌ざわり。

心がワクワクとはずんで、身体が軽くなる。

（ふむふむ……すごい。この寒天って、餡の歯ごたえと絶妙にマッチするものが選ば

れている。寒天のプリプリ感と餡の溶けぐあいのハーモニーも見事だし……こいつは本当にすごい)

素人の分際ではあるが、敦は心底、老婆のこしらえたあんみつに感激した。

まさかこんな地方の町で、ここまで極上のあんみつと出会えるとは夢にも思わなかった。

(ありがとう、女将さん。あ……)

――ンフフ、一晩だけでも、夢を見させてくれたお礼。

あの晩、激しい行為の後のピロートークで、色っぽく笑いながら女将がささやいた言葉があらためて脳裏によみかえる。

敦は目を閉じ、布由子にもう一度、心で感謝した。

(えっ……)

目を開けた彼は、ふと周囲に注意を向けた。

そんな彼の視線が、とある人物とかちあう。

(あ、あれ?)

オババだった。

厨房の出入り口に立ち、なぜだかこちらをニコニコしながら見つめている。

（……ど、どうも）

心中で挨拶をし、会釈をした。

するとオババはさらにニンマリと、口角をつり上げて微笑んだ。

2

「本気かい、あんた」

敦の話を聞くと、甘味屋の女主――オババはしわがれた声で聞いた。

「は、はい、本気です」

敦は背すじをただし、真剣な思いでオババを見つめる。

例によって、ようやく店が一段落した休憩の時間帯。

がらんとした店内には、敦とオババしかいない。

たった今、彼は自分が食べ物屋をやりたいと考え、あちこちめぐり歩いている人間であることをオババに話した。

そして、じつはオババの作るあんみつに感激したので、あんみつをはじめとする、オババの職人技を学ばせてもらうことはできないかと頼みこんだのであった。

もしも弟子にしてもらえるのなら、会社を辞めてこの町に来るとまで敦は言った。

純子の蕎麦屋に弟子入りを志願し、年若い職人の小野田から痛罵された苦い経験をふまえてのことだ。

すると、長いこと敦の話を聞いていたオババは、本気かと彼に尋ねたのである。

「ふむ……おぉい、優美《ゆみ》」

「はいはい、お茶ね」

オババは眉をひそめて思案しようとし、思いだしたようにその人を呼んだ。

そんな老婆に苦笑しながら返事をし、トレイに載せたお茶を持って厨房から出てきたのは、例のお尻の見事な美女である。

敦はすでに、この女性がオババの孫娘であることを老婆から教えられていた。

だが、名前ははじめて知る。

(優美さんか)

いい名前だなと思いながら、テーブルに湯飲みを用意しようとする優美を見た。

優美は愛くるしい笑みを浮かべ「どうぞ」と敦の前に湯飲みを置く。

「あ、ありがとうございます」

「おばあちゃん、じゃあ私、ちょっと休んでるね」

「はいはい、お疲れ」

優美は敦に笑顔を返すと、老婆に言って店を後にした。

「すぐそこに、わしの家があるんじゃ」

オババは敦を見て、そう説明した。

敦にお茶を勧め、自らも湯飲みを口にやってズズッとすする。

「そうでしたか。あ、いただきます」

敦は恐縮し、一礼してからお茶を手に取った。

「きれいなお孫さんですね」

「そうじゃろ」

「はい」

自慢げに笑う老婆に、敦は大きくうなずいて茶をすする。

「わしに似ちょる」

「ぶほおっ」

「むせてどうする。似てるって……若いころのわしにじゃぞ？」

「す、すみません。げほ。げほげほ」

敦は謝りながら、なおもむせた。

なんと間抜けなと自分が情けなくなる。だがオババはそんな敦を見て苦笑し、なんともやさしい顔になる。

「亭主とうまくいっておらん」

「げほっ……オババさんがですか？」

「何を言っている。死んでおるわ、じいさんならもうとっくに」

「あっ……げほっ……じゃあ、優美さんが？」

老婆はうなずいた。

やはり優美は人妻だったのかと、敦は思った。

顔つきにこそ、少女のなごりをとどめたような愛くるしいものが感じられるものの、かもし出す雰囲気には、たしかに人妻ならではの、しっとりとしたものが彼女にはあった。

「東野くんだっけ？」

「西野です」

「ふむ……うちで学びたいというなら考えてやらんでもないが、その代わり、頼みがある」

「頼み？」

思いがけないオババの言葉に、敦はきょとんとなった。

「そうじゃ」

オババはゆっくりとうなずいて敦を見た。

「わしの孫の……力になってやってくれんか」

「……えっ」

「その股間にぶら下げている、見事な巨チンで」

3

（どういう展開だよ、これ）

深夜の闇の中。

敦は天井を見あげながら、またも首をひねった。

食べ物屋をはじめたいと一念発起し、あちこちと出歩くようになってから確実に「モテ期」が到来している。

いや。

正確に言うと優美からは、決して「モテている」わけではなかった。

だが、祖母であるオババから「今夜、孫を抱いてもよし」などと許しを得ているということは、今夜もまた魅惑の美女とムフフなことになりそうなのだ。

このところ、ずっと女なんて縁がなかった。それなのにこの変化はいったいなんだと、薄気味悪さすら敦はおぼえる。

――孫の力になってやってくれんか。その股間にぶら下げている、見事な巨チンで。

(それにしても)

今日の午後、甘味処でオババに言われた言葉を思いだし、敦は顔を熱くした。

老婆の指摘は決してまちがっていない。

実際問題、敦は巨根だ。

だがオババは裸になった敦を見たわけでもない。

それなのにどうしてそんなことが分かるのだと、敦は驚きながら疑問に思い、老婆に尋ねた。

――あんたらの倍以上、生きちょる。

すると、なにをつまらないことをとでも言いたげに鼻を鳴らし、オババは答えた。

――亡くなったわしのダンナも巨チンでな。最初はたまげたもんじゃ。

しかも、聞いてもいない、もっと言うなら、聞きたくもないことまでオババは話した。

老婆が敦に、こんなとんでもないことを依頼した理由は以下の通りだ。

優美は三か月ほど前から、オババの家に転がりこんで店を手伝っていた。夫とふたりで暮らす隣県の町から、逃げるように戻ってきた末のことだという。

優美は現在、三十歳。

一年ほど前に夫のもとに嫁いだが、どうも夜の生活がうまくいっていないらしいんじゃと、オババは言った。

──ダンナとの夜のアレが苦痛でならないと言うんじゃ。聞いてみると、どうもダンナも、アッチのほうはあまりうまくないらしい。ただ痛いだけだと言うんじゃ。ナニがでかいわけでもないのに。

ため息をついて、オババは語った。

──あんなことをしなくちゃいけないなら、結婚生活なんてまっぴらだとまで言いよる。おまえから、もっとああしてくれこうしてくれと言えばよいではないかと言ったんじゃが、そんなことをしてまでセックスなんかしなくていいと、こうじゃ。

そこで「北野の出番じゃ」とオババは言った。

「西野です」と言おうとしたが、からかわれているのかもしれないと思い、突っこまなかった。

残念そうに敦を見た老婆の顔つきから、自分の勘がまちがっていなかったことを敦は確信した。

オババは言った。

――教えてほしいというなら、わしが知っていることはなんでも教えてやる。特別サービスじゃ。どうせ老い先短い身じゃしのう。だがその代わり、おまえもわしの孫に教えてやってくれ。セックスはとてもいいものだと。南野の巨チンで、優美をめざめさせてやってくれ。ほんとはスケベなはずなんじゃ。なにしろわしの孫じゃから。

そう言って、オババは愉快そうに笑ったのであった。

(おっと。そろそろ行くか)

時間をたしかめ、敦は床から起き上がった。

そろそろと闇の中を進み、部屋の引き戸をそっと開ける。

布団を敷いてもらっていたのは、オババの家の一階。その一室である六畳の和室を与えられていた。

家は古い日本家屋。

庭には柿の木や家庭菜園のコーナーがあった。

オババの自室と、優美が使っている部屋はそれぞれ二階にある。

いきなりオババから、今夜敦を泊めるぞと言われたときは、さすがに優美は驚いたらしい。だがオババが、この男を期間限定で弟子にすることにしたと宣言し、いろいろと話したいことがあるから文句を言うなと言うと、おとなしく引き下がったようだ。

なにしろ優美も、居候の身。

強いことは言えないし、そもそも温和な女性である。

なにかあったら声をあげればすむこと、すぐそこにわしがいるというオババの言葉にしたがったと聞き、頼まれたこととはいえ、敦はちょっぴり罪悪感をおぼえた。

遅めの夕飯は三人で食べた。

本音は分からないものの、優美は終始にこやかに、手作りの料理を敦にごちそうしてくれた。

ビールまでふるまわれた。

敦は家の居間で優美といろいろと雑談をし、あらためて彼女の性格の良さと、これから自分がやろうとしていることへの重苦しさに複雑な気分になったのだ。

（夜這いってことになるのか……）

二階へとつづく階段の下まで来た敦は、緊張と奇妙な昂ぶりの双方にかられつつ、ステップをのぼった。

そう。

冷静に自分を観察すると、すでに罪の意識や重苦しさだけではなくなっていた。なんだかんだと言いながら、あの性格のいい愛らしい人妻に、祖母公認であんなことやこんなことができそうなことに、淫靡な高揚感もおぼえるようになっていたのである。

しかも、結婚をしたのは一年前だというから、優美はまだ新妻だ。

「あぁン……」

(えっ)

すると、ドキッとするような艶めかしい声が、いきなり階上から聞こえた。

敦は思わず固まる。

「あっ……クフゥン、ンフゥ……あァン……」

(空耳じゃない)

つづいて聞こえたエロチックな声を聞き、敦は確信した。

おそらくこれは優美のもの。声は、彼女に貸し与えられているという二階の右の部屋からした。

なるほど、そういうことかと、敦は今さらのように、老婆に時間を指定された理由を得心した。

おそらく毎夜のように、この時間になると優美の部屋からは、こんな声が聞こえてくるのではあるまいか。

もちろん優美は隠しているつもりだろう。だが自分で思っている以上に、音は筒抜けだったというわけだ。

「あン、あっあっ……いや、だめ……ハァン、困る……アァァン……」

(こいつはエロい)

抜き足差し足で階段を上り、二階に達した。左に行けばオババの私室があり、右側にある部屋の一室に、優美がいる。

廊下を挟んでふたつの部屋があったが、敦は右側の六畳間が優美の部屋であることを老婆から聞かされていた。

しかも部屋には内鍵などなく、襖一枚で廊下と隔てられているだけであることも。

(……?)

一応、闇に目を凝らしてオババの部屋を見た。だが扉はピタリと閉じられており、その向こうはしんと静まりかえっている。

もっとも、あのオババのことだ。

狸《たぬき》寝入りをしている可能性は十分にあった。

(ええい)

だが、そんなことを気にしている場合ではなかった。オババが起きていようと寝ていようと、頼まれたことをするまでだ。

でないと、弟子としても認めてもらえない。

どこまでがそれを理由にしたもので、どこまでが優美という女本人に対するエロチックな興味によるものかは、もはや自分でも分からなかったが。

「あっあっ……声、出しちゃだめ……ンハァ……おばあちゃんに……あっあっ……聞こえちゃう……あはぁ……」

(優美さん)

部屋の前に立つと、くぐもった音ではあるものの、その淫声はいっそう生々しさと迫力を増した。

「——っ!?」

襖の引き手に指を押しつける。

緊張感が一気に増した。

「あっあっ……いやン、いやン……あっあっあっ……」

（おおお……）

しかし、中から聞こえる卑猥な声に、やはり緊張より淫らな昂ぶりが勝った。とくとくと心臓を打ち鳴らし、敦はそっと襖を横にすべらせる。

（――っ！　うおお。うおおおおっ！）

4

「あっ、ハァン、アハァ……恥ずかしい……私ったら、あああ……」

（おお、優美さん！）

敦は息を呑み、彫像のように固まった。

それほどまでに、襖の隙間から現れた世界は、すさまじい破壊力を持っている。

「いやン、どうしよう。ああ、困る。ひはっ、ひはぁ……」

（くぅ、エロい）

闇の中にぼんやりと見える痴態に、敦は全身を火照らせた。

六畳の和室に床《とこ》が延べられ、下半身を丸だしにした優美がいる。

四つん這いだった。

こちらに尻を向けている。

店でも気になってしかたのなかった大きな尻が、ドドーンと敦に迫っていた。

優美の白い細指は、股間にくぐっている。

ネチネチとした動きでいじくるのは、言うまでもなく牝の秘唇だ。

ぼんやりとした闇の中に、淫靡にきらめくスジが見えた。優美は艶めかしい声をあげ、夢中になってそのスジを愛撫する。

「あはぁ、あはぁ、困る、どうしよう……下には、あの人が……あっあっ、こんなことして、ばれちゃったら、んああ、あああぁっ……」

……グチョグチョグチョ、ネチョネチョネチョ！

(おお、すごい音)

「ハアァ。うあああぁ」

尻を突きあげた三十歳の人妻は、とまどいの言葉を漏らしつつも、さらに大胆にワレメをあやした。

闇の中に響く粘着音が、さらにボリュームと勢いを増す。甘酸っぱい柑橘《かんきつ》系の香りが生温かな湯気とともに敦の鼻面《はなづら》を撫でた。

（こいつはたまらん）

敦がしているのは、犯罪行為には違いない。だが彼は、オババの依頼を錦《にしき》の御旗《みはた》に音もなく部屋に侵入し、後ろ手に襖を閉めた。

三か月前までは空き部屋だったというそこには、家具らしい家具はなにもない。たたんで壁に立てかけられた小さなテーブルと古いカラーボックス。カラーボックスの中には雑誌だのティッシュペーパーの箱だのが、整頓されて並んでいるように見える。

襖を閉めたことで、ふたたび部屋は閉ざされた空間になった。いるのは優美と、本来ならいてはいけない自分だけだと思うと、いやでも敦の痴情は増す。

「あっあっ、ハァァン、イッちゃう……イクイクイグッ。ああああっ！」

（あっ……）

……ビクン、ビクン。

ついに優美は絶頂に突きぬけた。

自分の指を責め具にして愉悦《ゆえつ》を極め、ヒクン、ヒクンと尻をはずませ、恍惚感に耽溺する。

「アハアァン……」

やがてぐったりと、優美は腹ばいに突っ伏した。

長い美脚をコンパスのように広げ、身を投げだしてはぁはぁと、乱れた息をととのえる。

（やるか）

時は来た。

敦はいよいよ行動を開始する。

「いやらしいね、奥さん」

ささやき声で、優美に言った。

「――ヒッ」

優美はフリーズする。あわてて上体を起こし、こちらに向きなおるとひきつったような声をあげた。

「ヒイィ」

「おっと、大声あげないで」

敦は優美に飛びかかると、あわててその口を手でおおう。

「……んむぅ。ちょ……あ、あなた……んんむぅ……」

「助けに来たよ」

「――っ!?」

耳もとでささやくと、優美は驚いたように大きく目を見開いた。

恐怖におののくその目つきは、「あなた、なにを言っているの」となじっている感がありありだ。

「こんなことをする男には見えなかったって言いたそうだね。その通り。こんなことをするのは、はじめてだよ、俺」

敦はヒソヒソと優美に言った。

「でもね、頼まれたんだ、優美さんのおばあちゃんに」

「……んっ。んむぅ!?」

「嘘じゃない。明日、オババに聞いてみればいい」

「ひゃっ」

その口を手で押さえたまま、耳に口を押しつけた。

それだけで優美は身をふるわせ、首をすくめる。敦は舌を突きだし、ねろねろと人妻の耳を舐めた。

「きゃん……あっ、いや、むんぅ……」

ちなみにオババからは、今言ったように優美に伝えてかまわないと言質《げんち》をとっていた。その代わり、失敗は許さんぞとも。

「んぅ、んぅぅ、や、やめ……むんぅぅ……」

「寂しいんでしょ、優美さん。んっんっ……」

……ピチャピチャ。

「――っ。んんぅ⁉」

「気持ちよくなることだって、ほんとはきらいじゃない。でも、よっぽどひどいんだね、ダンナさんのエッチ。結婚生活に絶望しちゃうぐらい」

「んんんっ⁉」

優美はとまどって激しく暴れる。だが敦はそんな人妻を押さえつけ、なおもささやいた。

「でもさ……オババの言うとおりだよ」

「んむぅ⁉」

「セックスは決してつまらないものじゃない。ましてや、夫婦でしょ。これから長い年月、いっしょに暮らすんだ。優美さんが、ダンナさんを教育すればいいんだよ、ふたりで気持ちよくなるために。セックスはこんなにも気持ちのいいものなんだって、俺が教えてあげる」

「んんぅぅ！」

ささやいて耳を舐めながら、敦は優美の股のつけ根に指を伸ばした。

人妻はあわててももを閉じるも、時すでに遅し。敦の指は一瞬の差で、優美の媚肉をとらえていた。

「優美さん……」

……クチュクチュ。

「むむんぅ!?」

……クチュクチュ。ニチャ。ニチャニチャ。

「――んんむぅ!?　あぁン、いや、いやあ。んっんっ……」

ねちっこく指でワレメをあやすと、秘めやかな汁音が響いた。その音のはしたなさに動転し、優美が恥じらっていることが分かる。

人妻は敦の指を太ももで締めつけたり緩めたりしつつ、いたたまれなさそうにかぶりを振り、動転しながら身もだえる。

……ニチャ、クチュ。ニチャニチャ。

「ああ、すごいエロい音。こんなに濡れてるんだもん、当たり前だよね」

「んぅ……!?」

優美はくなくなと身をよじり、敦の言葉責めに、闇でもそうと分かるほど顔を火照らせた。

懸命に力を入れて閉じようとしていた太ももから、じわり、じわじわと少しずつ力が抜けていく。

「んんっ……！」

そのことに気づき、優美はあわてて力を入れるも、敦がニチャニチャと音を立てて秘唇をなぞると、またしても力が抜けていく。

「んあっ……んああっ……」

「それでいいんだ。だって気持ちいいんだもん。気持ちいいとき、力んでいる人なんていないでしょ。おいしいものを食べるときも同じ。みんな、幸せそうに力を抜いて、笑顔になる」

そう言って、敦は優美の口からそっと手を剝がした。悲鳴をあげられる恐れは、もうないのではないかと確信してのことだ。

「はうぅ……」

案の定、優美は声をあげなかった。

潤んだ瞳で困惑しつつ、はぁはぁと息を乱して敦を見る。

5

「ね？　力を抜くのが自然でしょ。食べるときは笑顔になる。でもって、今みたいなときは」

「んあああっ」

「笑顔じゃなく、素顔になる」

「んんぅ。んんんんっ」

優美は自分で口を押さえた。

大きな声をあげてしまい、反射的に自身を恥じたようだ。

しかし、人妻が声をあげるのも無理からぬこと。敦は許可を得ることもなく、二本の指をヌプヌプとぬめる秘割れに挿入した。

優美の膣は、めかぶのとろみさながらのぬめりに満ちていた。その上、胎路は狭隘で敦の指をムギュムギュと締めつける。

「あぁン、い、いやあぁ……」

「おお、エロい。こんなに濡らして。ねえ、ほんとはエッチなことしたいんでしょ」

「に、西野さん」

「ダンナがあまりにへただからいやなだけで、ほんとはいっぱいしたいんじゃないの。たとえば、こんなことも……」

ささやくように言うと、敦は指を使いはじめた。

前へ、後ろへ。

「ああっ」

……グチュ。ネチョ。

「あっあっ、だめ、いや、あっあっ」

前へ、後ろへ。

……ニチャ、ぐぢゅる。

「あっあっ……いや。やめてください、西野さん……あっあっ……困る……ああ、そんなことされたら……あっあっ……あっあっあっ！」

「メチャメチャ感じちゃうんでしょ。いいんだよ、もっと感じて。そらそらそら」

そう言うと、敦は指をカギのように曲げ、指の腹をさらに強く膣壁に押しつけた。

「うあああ。や、やだ、私ったら……なんて声――」

——グヂュグヂュグヂュ！

「あああ。ああ、だめ、西野さん、西野さん」

膣の壁を押しあげ、抉《えぐ》るかのようにして、またしても前後に指をピストンさせた。

たっぷりの潤みとほどよいざらつきに満ちた胎肉は、そんな敦の責めに喜悦の蠕動《ぜんどう》をはじめめた。

いいの、いいの、これいいの——なんだかそんな風にも言っているかのような蠢きかた。

開いては閉じ、開いては閉じといやらしい開閉をくり返し、敦の指を締めつける。

「ああァン。あっあああっ」

「自分でするより何倍もいいでしょ。こういうことはさ、自分じゃない人間とやるからよけい興奮するんだよ。秘密を共有できる、共犯者が必要なんだ」

「いやあ。んっあああっ」

敦は偉そうに言いながら、人妻の反応に昂ぶった。

優美は思いだしたように太ももを閉じ、動かさないでというように敦の腕をつかんでいやいやをする。だが、それが心からのものでないことは、潤んだ目を奥まで覗けばいやでも分かった。

柳眉を八の字にして、哀訴するようにこちらを見る。だがその哀訴は、やめてくれではなく、もっとしてというようにしか敦には見えない。

「はぁはぁ……我慢しないでよ、優美さん。ほら、こうされると、もうたまらないでしょ」

敦は指の位置を変え、少しくぼんだ部分に指の腹を押しつけた。

「ヒイィ」

他の部分よりいっそうザラザラ感が強いそこは、いわゆるGスポット。目が合うと優美は、それだけはだめというように、美貌を引きつらせてかぶりを振る。

だがそんなことでやめる、今夜の敦ではない。

「そらそらそら」

――グヂュグヂュグヂュ！

「んっぷぷぷうっ。んぷぷぷぷうっ」

指でかき回す膣からは、聞くにたえない汁音が大音量で響いた。優美は片手を口に当て、あえぎ声を押さえようとする。

だが人妻は、とっくに身体に火がついてしまっていた。

とんでもなく気持ちいい部分をしつこいほど抉られれば、もはや理性などあってなきがごとしである。

――ガポッガポッガポッ！　グチョッグチョッグチョ！

「んああ。あああああ、どうしよう。どうしよう。ああああ」

とうとう優美は口から手を放し、上体を海老反らせて淫らな声を爆発させた。

もう太ももなど、閉じようとする余裕はない。長い脚を布団に投げだすばかりか、気づけばガニ股気味に開いている。

それどころか、敦の指に動きをあわせるかのように、自分からも腰をしゃくり、膣肉を指に擦りつけてくる。

（いいぞ。メチャメチャ、エロい！）

――ガッポガポ、ガッポガポ！　グヂュグヂュグヂュ！　グヂュグヂュグヂュ！

「うああ。気持ちいい。気持ちいい。こんなことされたら我慢できない。あああ。あっあああっ」

「あっ……」

――ブシュブシュ！　ブシュブシュブシュ！

「いやああ。あああああ」

「す、すごい……」

それはまるで、失禁でもしたかのようだ。

ほじられる膣穴から放尿顔負けの量と勢いで潮吹き汁がぶちまけられ、布団はおろか、周囲の畳にまでバラバラと落ちる。

「くぅ、優美さん！」

ますます興奮しつつ、敦はさらにGスポットを責めた。

膣から潮をかき出すような手つきで、もの狂おしく膣壁をほじる。

「あああああ。いやあ、見ないで。見ないで、うああ。気持ちいい。こんなのはじめて。はじめてはじめて、あああ。イッちゃう。イッちゃう、イッちゃう。ああああああっ」

……ビクン、ビクン。

「おお、優美さん……」

——ブシュウ　ブシュブシュ！　ブシュブシュブシュッ！

「あああ。あう、あう、あう……」

「エロい……」

優美は布団に倒れこみ、細身の身体を波打たせてアクメの快感に酔いしれた。

人妻の膣から指を抜いた敦は、感無量な心地でそんな優美のいやらしい姿を鑑賞する。

　痙攣のたび、つい力が入るのだろう。

ビクビクと身体が震えるたび、なおも優美の女陰からは、潮の残滓が水鉄砲の勢いで飛びだした。

　昼間、店で目にした愛くるしい彼女とは別人のよう。

　だがそのどちらもが優美という女性だと思うと、敦は燃えあがるような劣情にかられる。

「あう、あう……いや、だめ……見ないで……あああ……」

「優美さん……」

　これはもう確実に、オババに聞かれているなと敦は思った。それほどまでに、優美の声には遠慮がなく、獣の様相を呈してきている。

「アアン……」

　人妻はまだなお、痙攣をしながらアクメの余韻に浸っていた。敦は美妻を全裸にさせると、借りていたパジャマと下着を脱いで自らも裸になる。

　――ブルンッ！

　ししおどしのようにしなりながら、にょきりと股間にペニスが屹立した。かわいい人妻の卑猥な姿にあてられて、今夜もまた肉棹はやる気満々だ。

「あう、あう、あう……ヒッ！」

痙攣のやまない身体を持てあましながら、優美は仁王立ちする敦の股間を見て息を呑んだ。

やはり夫とは、ずいぶんモノが違うようだった。

自分が見たものが信じられないという顔つきであわててあらぬ方を見、なおも優美は不随意に、スレンダーな裸身を震わせた。

6

「おいで、優美さん」

優美のアクメが一段落するや、敦は手を引っぱって起こす。自らは布団に仰向けになり、堂々とペニスを見せつける。

「はうう……西野さん……」

膝立ちになった優美は、乱れた息をととのえながらチラチラと敦の股間を見た。

（そらっ）

「きゃっ」

そんな人妻をからかってみたかった。

肛門に力を入れたり抜いたりして勃起をしならせると、亀頭がピシャピシャとおのれの下腹をたたく。

「ほら、来て」

「あ、あの」

「いいから」

「アハァ……」

もじもじとする優美に、敦は有無を言わせなかった。グイッと手を引っぱると、彼女はバランスを崩しながらされるに任せる。

そもそも、いやなはずがないのである。それを証拠に美女の目は、爛々と輝きながら敦のペニスに向かっていた。

「ンハァン……」

優美は敦の股間にまたがった。

敦はペニスに手を添え、天に向かって突きあげる。闇の中に長くて太い、圧巻の尖塔が反りかえった。

出っ張ったカリ首が、屹立する巨根のまがまがしさをさらに強烈なものに見せている。

「さあ、早く」

誘うようなささやき声で敦は優美を煽った。

優美はまだなお恥じらいながらも卑猥な本能にあらがえず、膝立ちになり、ワレメと亀頭をくちゅりといやらしく擦りあわせた。

「アハァ――」

「おお、優美さん!」

――ズズン!

敦は奇襲に打って出る。

人妻が腰を落としてくるのを待つことなく、自らぐいっと股間を突きだし、一気に膣奥まで刺しつらぬいた。

「キャハハアアアッ」

サディスティックに子宮を抉られた優美は、もはや取りつくろうすべもない。

天を仰いでけたたましい声をあげ、膝立ちのままビクビクと、またしても裸身を痙攣させた。

「あう。あう、あう……」

（エロいなあ）

下から美妻を見あげ、敦はいい気分になる。

彼女の肌は、決して色白ではなかった。

だが、艶やかな滋味を感じさせる。

夏の浜辺でビキニになどなったら、さぞセクシーだろうなと思える肌の色。

細身の身体の胸もとで、伏せたお椀のようなおっぱいが、たっぷたっぷとさざ波を立てた。

乳の頂《いただき》を彩るのは、淡い鳶色をした乳輪と乳首。ほどよい大きさの乳輪の真ん中に、丸い乳首がキュッとしこって勃っている。

「ああン。だめぇ。あああ……」

敦に貫かれたまま、優美は感電でもしたかのように全身を震わせた。

敦は気づく。

この人はただ欲求不満なだけではない。身体はかなり敏感で、ひょっとしたら好色の部類に入るほどではないだろうか。

「ほら、ガニ股になって。よっと……そうそう」

「ハアァ……」

優美は頭をしびれさせたようになりながら、敦の言いなりになった。手を取って導かれるがまま、あられもない大股開きになり、敦のペニスとつながる。

（おお、たまらない！）

目の前に現出した下品な光景に、敦は欲情をかき立てられた。

恥じらいながらガニ股になった優美の姿には、男の嗜虐心を煽る蠱惑的なものがある。

「おお、優美さん。そらそらそら」

——パンパンパン！　パンパンパンパン！

「あっあああ。うああ。うあああああ」

ガニ股になった美女に、下からピストンの連打をお見舞いした。

ニチャニチャ、グチョグチョという生々しい汁音とともに、敦の肉スリコギが優美の膣肉を蹂躙する。

長いペニスをぬぽぬぽと子宮まで埋めれば、優美はもう、恥じらうことさえ忘れてしまう。

「ああ。奥。奥に来る。ヒイィン。ヒイィ。ああ、すごい奥までち×ちんが。ち×

ちんがああ。奥イイッ。奥イイッ。ヒィィン。ああああっ」

「……よっと」

敦は膣奥まで深々とペニスを挿《さ》して一呼吸置くと、いきなりズルッと女陰から引き抜いた。

「あああああ」

――ブシュッ！　ブシュブシュッ！

「おお、すごい。またこんなに潮が……」

「ご、ごめんなさい。ごめんなさい。ああ、出ちゃうの、出ちゃう。あああああ」

肉棒を抜いたというのに、なおも優美はガニ股に踏んばったまま、またしても小便の勢いで、ビチャビチャと潮をぶちまけた。

股間はもちろん、敦は太ももも腹もぐしょ濡れだ。飛びちった潮は勢いよく、布団までをも湿らせる。

「ほら、今度は後ろを向いて。よっと」

「アアァン……」

優美はなおも身体を痙攣させながら、敦のエスコートでこちらに尻を向けた。

やはりこの尻は極上級だと敦はさらに鼻息を荒くする。

肩からなだらかなV字ラインを描いて細まったボディが、腰のあたりに来てえぐれるようにくびれる。

すごいのはここからだ。

ひとたびくびれたボディラインは、そこから一転。あり得ないほどの量感で左右にふくらみ、細身の身体とはふつりあいなほどダイナミックな丸みを見せつける。

「そら、また行くよ、優美さん、そおらあっ！」

——ヌプヌプヌプッ！

「きゃははあ」

「そらそら。そらそらそら」

——パンパンパン！　パンパンパンパン！

「あああ。あああ。すごい、すごい、すごい、ああああ」

ガニ股に踏んばった裸女を、今度は背後から眺めつつ犯すことになった。

またしても男根を媚肉に突きさし、カクカクと腰をしゃくってぬめる牝肉と戯《たわむ》れあわせる。

優美は気が触れたような淫声をほとばしらせ、両手を膝に置き、天を仰いで、土俵でふんばる相撲取りのような格好をさらす。

……ズボズボズボッ！　ズボズボズボッ！

「ヒイィン。き、気持ちいい。どうしてこんなに奥まで届くの。こんなのはじめて。はじめて、はじめて。ああ、イイッ。イイッ。イイィンッ！　ああああ」

「はぁはぁ。はぁはぁはぁ」

バレーボールのようなふたつの尻と、下品なポーズで踏んばる優美に昂ぶりながら、怒濤《どとう》の勢いで腰をしゃくった。

闇に慣れた目は、優美の尻の谷間までばっちりととらえる。

臀裂の底で鳶色の秘肛が、あえぐかのようにヒクヒクといっている。しわしわの肉穴がキュッとすぼまっては、いきなりくぱっと穴を大きくする動きをくり返す。

「うあああ。気持ちいい。もうだめ。またイッちゃう。イグイグイグイグッ。あああああ」

「あっ……」

またしても優美は絶頂に吹っ飛んだ。ガニ股で踏んばってなどいられず、前のめりに布団に突っ伏す。

万歳をするような格好でうつぶせに倒れた。尻だけを浮かせた無様なポーズで、ヒクン、ヒクンと痙攣する。

「はぁはぁ……どう、気持ちいいでしょ、優美さん。俺もたまらないよ」

乱れる息を鎮めながら、敦は背後から人妻に声をかけた。

優美の身体の下になった足をそっと抜き、人妻に大きく足を開かせる。今度は寝バックの体勢で、とろけきった淫肉にいきり勃《た》つ巨根をねじりこむ。

――ズブズブズブッ！

「ギャヒイィン」

優美は膝から下を二本とも浮きあがらせ、つま先までビビンと反りかえらせて挿入の衝撃に酔いしれた。

(ああ、この顔！)

「あべべ……あべべべべ……」

見れば優美の表情は、もはや尋常ではない。

白目を剝きかけた凄艶な顔つきで、首すじを引きつらせて変な声をあげる。カチカチと上下の歯を鳴らし、ヒュルヒュルと不穏な音を立てて息継ぎをした。

「そらそら。俺もそろそろ出しそうだよ、優美さん」

敦は腕立て伏せのような格好になると、最後の瞬間が近づいてきたことを感じながら、またも狂ったように腰を振る。

——バツン、バツン！　パンパンパンパンパンパン！

「ぎゃあ。ぎゃああ。おう。おう。おおおう」

優美はとうとう壊れたようになった。

膣奥深くペニスで刺されるたびに背すじを反らし、天を仰いで狂乱する。

二本の足は、膝から下を振り上げては布団をたたくことのくり返し。そのたび布団がバフバフと間抜けな音を立てる。

「あああン、引っかくの。ヒイィン、ち×ちんがオマ×コ引っかいて……ああ、とろけちゃう。これいい。これいい。イイイィン。あっあああっ」

（き、気持ちいい！）

優美も気持ちいいかもしれなかったが、それは敦も同様だ。巨根をもてなす牝肉の蠢動《しゅんどう》に辛抱たまらず、射精衝動を膨張させる。

「ああァン……」

腕立て伏せの姿勢をキープできず、背後からおおいかぶさった。優美はじわりと汗を滲ませ、驚くほど体熱をあげている。

「くぅ、優美さん。優美さん」

――パンパンパン！　パンパンパンパン！

もうだめだと思いながら、猛烈な勢いで膣ヒダに亀頭をこすりつける。

――グヂュグヂュ！　グヂュグヂュグヂュ！

窮屈な胎路とペニスが擦れあい、腰の抜けそうな電撃がまたたいた。敦は奥歯を食いしばり、強烈な快感にやせ我慢をする。

(もうだめだ！)

「うああ。あああああ。刺さる。刺さる刺さる刺さる。ち×ちん奥までいっぱい刺さるの。気持ちいい。気持ちいい。あああああ」

「おお、優美さん、出る……」

「うおおおおっ。おっおおおおおおっ!!」

――びゅるる！　どぴゅどぴゅどぴゅ！

恍惚の雷に脳天からたたき割られた。

敦は動きを止め、汗ばむ女体を力の限りかき抱く。

……ドクン、ドクン、ドクン。

陰茎の肉ポンプが獰猛に脈打ち、そのたび大量のザーメンを人妻の膣奥に注ぎこんだ。

優美の子宮はうねるタコのように蠢いて、精子に穢される悦びをアピールしているように感じられる。

「あっ、ああ……すご、い……アソコ、温かい……」

「……優美さん」

「こんなの……久しぶり……ほんとに……アァン……」

優美は白目を剝き、この世の桃源郷に耽溺した。

痙攣しながら、「あああン」と艶めかしくうめく美女を、敦はあらためてそっと抱きしめる。

艶やかな髪をやさしく撫でた。

敦はなおも中出し射精をしつつ、なかなか鎮まらない息をととのえた。

――敦は知らなかった。

そのころ彼のスマホには、思いもよらない連絡が届いていた。

電話をかけてきたのは、スナックを営む元ホステス、満枝だった。

第五章　今夜は帰さない

1

円形に蕎麦玉の形をととのえ、のし台に置く。

のし台にはあらかじめ、打ち粉が振られている。

敦は蕎麦玉にも打ち粉を振った。まずは自分の手のひらを使い、円盤のようになるまで蕎麦玉を伸ばしていく。

「……こんな感じですか、あねさん」

「いいけど、前に言ったでしょ。もっと親指のつけ根のあたりで押すことを意識するの」

「親指のつけ根……こうですかね」

「そう。そうそう」

「………」

敦はチラッと、かたわらで指導をしてくれるその人を見た。

「玉乃庵」の女店主、立川純子が真剣な表情で敦に蕎麦打ちを教えている。

純子による蕎麦打ち指導は、これでもう三回目。

二週間ほど前から、ようやく敦は仕事の合間に、純子の個人指導が受けられるようになった。

「蕎麦玉は、三十センチぐらいまで伸ばすの。もうちょっとかな」

「よっと……これぐらいだったかな……」

「うん、大体こんな感じ。そうしたら蕎麦玉にも打ち粉」

「……でしたね」

純子に言われるがまま、敦は今日も蕎麦打ちにチャレンジした。

趣味として打ったことがあったので、ずぶの素人に比べれば、知識もテクニックも多少はある。

だがやはり、蕎麦打ち名人に直接指導を受けられる幸せには格別なものがあった。

（ほんとに信じられない）

麺棒で蕎麦玉をのしながら、敦はあらためて心でため息をついた。

まさかこうしてふたたび純子に会えたばかりか、彼女に弟子として蕎麦打ちを教えてもらえるなんて――。


オババに乞われて優美と熱いひとときを過ごした同じ夜。

敦のスマホには満枝からの着信があった。

――ちょっと。チャンスよ、あんた。来れる、こっちに？

翌日、あわてて折り返すと、満枝は興奮した声で敦に言った。くわしいことは、直接会って話すという。

敦はオババに事情を話し、優美にも挨拶をして満枝のもとに向かった。

オババは「ありがとな」としわしわの顔でウィンクをし、「昨日はこっちまで眠れんかったわい」とそっとささやいておかしそうに笑った。

また優美も、翌日は昼間の顔に戻っていた。

ふたりきりになると、西野さん、ありがとうと言って、「まだオババにも言っていないんだけど……」と、ここに至る真相を恥ずかしそうに話してくれた。

なんと優美には、じつは好きな男性がいた。

高校時代の同級生だというその男と長いことつきあっていたのだが、向こうが浮気をしたことでケンカになり、別れてしまったのだという。

――で、人の紹介で今の夫と知りあって。夫には悪いけど、私ちょっぴりやけになっていたものだから、つい結婚なんてしてしまったの。でも……。

優美はそう言ってさらに声を落とした。

いざ結婚をしてみると、夫との夜の営みは思っていた以上に苦痛になった。

男と女はいっしょに暮らしてみないと分からないことも多々あるが、夫婦として人生を分かちあうようになった夫は、好人物ではあるものの面白みはなく、とにかくセックスがうまくない。

しかも、ただうまくないだけならまだしも、ちょっとした絶倫タイプ。自分だけ気持ちよければいいというような身勝手な性行を、夜ごと新妻に強要した。

優美は暗澹《あんたん》たる気持ちになった。

セックスは、やはり本当に好きな人とするに限る。また、好きでもない相手なら、せめて少しでも、こちらも気持ちよくしてほしかった。

そうした憤懣《ふんまん》やるかたない気持ちがついに爆発し、夫のもとを飛びだした。

彼女が祖母のもとに身を寄せていることを知ったかつての恋人は、何度か連絡をしてきた。

やり直せるものならやり直したい、もう二度と浮気なんかしないからと、すがるように男は言ったそうだ。

だが優美はこの期に及んでも素直になれず、彼を突き放すようなまねをした。そして悶々とした気持ちを夜ごとの自慰で、なんとかごまかしていたのであった。

――でも、西野さんのおかげで吹っ切れたの。昔の彼に連絡してみる。悔しいけど、やっぱり私には彼しかいないから。

優美はそう言って敦に礼を言ったのだった。

――私だって、気持ちのいいセックスがしたいもの。たった一度の人生なんだものね。ありがとう、西野さん。

礼を言われるのは妙な気持ちだが、敦はそんな優美に「それがいいよ」と返して、とにもかくにも別れを告げ、満枝のもとへと急行したのである。

そして、それから三か月半ほど。

敦の暮らしは、思いがけない急展開を遂げていた。

「うん、だいぶうまくなったんじゃないかしら」

「そうですか、ありがとうございます」

「ただ、包丁の使い方は、まだまだ練習しないとだめだと思う」

「た、たしかにそうですね、難しいです」

ダメ出しにうなずきながら、敦は片づけをする。

純子もいっしょにやってくれようとするが、敦はいつものようにそれを制し、すべて自分で片そうとした。

(純子さん)

敦の師匠は彼の蕎麦打ちについて、気になったことを熱心にアドバイスしてくれた。

敦は純子の指摘に従順にうなずきながら、やはりこの人はとても素敵な女性だと、あらためて彼女の魅力に浮きたった。

純子が好きになってしまっていた。

狂おしい気持ちをなんとか抑えつけ、敦は彼女のそばにいた。そういう意味では、小野田の気持ちはよく分かる。だが、同じ愚を犯してはならなかった。

――犯されそうになったらしいわよ、純子さん。あの小野田に。

あの日。

いったいなにごとかと駆けつけた敦に、誰もいないスナックの店内で、声をひそめて満枝は言った。

意外な情報に驚いて、敦は「えっ」とフリーズした。

満枝の話によれば、やはり小野田はずっと純子に思いを寄せていたようだ。

そして、あるとき。

やむにやまれぬ気持ちで告白をするも、純子の答えは期待していたものとはほど遠かった。

すげなく拒まれたと思ったらしい小野田は、積年の想いが一気にゆがみ、狼藉という形でいとしい人に爆発した。

休憩中の蕎麦屋の店内でのことだったらしい。

純子の悲鳴を聞きつけた近所の住人が飛びこんできてくれなかったら、どんなことになっていたか分からなかったらしいわよと、満枝は言った。

おそらく小野田は純子に気があるのではと、満枝は思っていたようだ。いっしょに酒を飲んだ晩、満枝にはもったいぶって結局話さなかったことがあったが、じつはそういう推測だったらしいことを、ようやく敦は知らされた。

心配になった敦は、いてもたってもいられなかった。

迷惑かもと思いつつも勇気を出して純子のもとを訪ねたことから、彼の人生は思いがけない方向に向きを変えたのであった。

当初敦が希望したとおり、休日限定の見習いとして、週末になるたび「玉乃庵」に通うようになった。

店が開いているときは、接客や汚れた器の洗い物などを手伝い、純子のために貢献した。

ちなみに平日は、パートの中年婦人が数人で純子をサポートしていた。

そしてようやく二週間ほど前から、弟子として純子の指導のもと、自らも蕎麦を打つ修業をさせてもらえるようになった。

拒んだものの、働いた分の給金は支給された。

土日限定のアルバイトなのでもちろん金額は少なかったが、敦は純子の気持ちがうれしかった。

うれしいと言えば、ふたたび訪れて土下座をしたときの、オババの言葉もうれしかった。

——どうして謝る。おまえの人生だ。思ったように生きるがいい。そのことは、わしは優美にも言った。

せっかく弟子入りを許したのにわがままを言う敦を叱りもせず、オババはそう言って激励してくれたのだ。

自分はなんと幸せな人間だろうと思いながら、敦はオババに別れを告げたのであった。

「敦くん、スジがいいと思う」

片づけを終えると、純子はそう言った。ここで働くようになってから、敦は純子から「敦くん」と呼ばれるようになっている。

「ほんとですか」

ひとりの女性としても意識する師匠から光栄なことを言われ、敦は気持ちが浮きたつような心地になった。

「その気があるのなら、いい職人になれると思う」

「……あねさん」

ふたりきりしかいない厨房で、ふたりは互いの顔を見る。

「もし、よければなんだけど」

純子は照れくさそうに敦から視線をはずし、ほんのりと美貌を赤らめて言った。

「敦くんさえよければ、ずっと週末、お店を手伝ってもらいたい。私に教えられることは、もちろん全部教えてあげる」

「えっ……」

「だから……しばらく、手伝ってもらえないかな」

「あねさん……」

師と慕う美女から能力を認めてもらえたばかりか、うれしい誘いまでしてもらい、敦は感無量だった。

だが、敦は純子に言う。

それは、このところずっと考えていたことであった。

「あねさん、ありがとうございます」

巻いていたはちまきをはずし、背すじをただして敦は頭を下げた。

「ですがそのお言葉、俺にはもったいないです」

「えっ？」

「いつかは俺、あねさんにそんな風に言っていただきたいと思って、がんばろうとしました。そもそも俺からお願いしたことですし。でも」

敦はコンクリートの床に土下座をした。ひんやりとしたコンクリートに、ますます心がビシッと引き締まる。

「――っ。ちょ……敦くん？」

驚いて、純子は声をうわずらせた。

敦は言う。

「申しわけありません、俺、ようやく気がついたんです」

床に手を突き、頭を下げた。

「敦、くん……？」

敦は顔を上げる。

「こんな気持ちで職人の道をめざすだなんて、それこそ食の世界で生きている、すべての職人さんたちに失礼だって」

「……えっ？」

「根本的に、俺はこの世界を舐めていました」

「……敦くん」

「少なくとも今みたいな気持ちのまま、俺はあねさんのそばにいちゃいけない人間なんです」

2

「さてと、じゃあそろそろ、私はこれで」

時間をたしかめると、満枝は破顔しながら帰る準備をはじめた。

「えっ」

「うそ……まだいいでしょ、満枝ちゃん」

驚いたのは敦と純子だ。

まさかひとりだけ、こんなに早く帰るつもりだったなんて思ってもいない。

純子と満枝の店があるM山の里山から、車で十五分ほど。とある駅前の繁華街、その居酒屋に敦と純子、満枝はいた。

繁華街といっても田舎なので、街はたいした規模ではない。それでもJRの駅前には、何軒もの居酒屋があった。

敦が詫びながら自分の気持ちを純子に伝えてから、もう二か月になる。

今日が敦の最後の出勤日だった。純子は慰労の気持ちをこめ、仲のいい満枝を誘って送別会を開いてくれたのである。

休日の夜ということもあり、客の入りは満員御礼というわけではなかった。だが比較的大きな店のそこそこから、酔客たちのにぎやかな笑い声が聞こえてくる。

「満枝ちゃん、冗談でしょ」

いそいそと帰りじたくをはじめた満枝に、椅子から尻を浮かせて驚いたように純子が言った。

敦も意外な展開に、あんぐりと口を開けて満枝を見る。

「いやいや、帰るよ、帰る。あとは師匠と弟子で積もる話でもゆっくりと。ね、敦」

いつしか満枝からは呼び捨てにされるようになっていた。

年下のくせにと言いたいところだが、敦も人のことは言えない。それにこの人には、それこそいろいろと世話になっている。

「いや、けど……」

敦もとまどって満枝を見た。

「けどもヘチマもないの。ほら、見送れ、敦」

宴《うたげ》が始まってから、まだ一時間ほどしか経っていなかった。だが満枝は、最初からピッチを上げてガンガン飲み、すでにかなりへべれけだ。

そうか、最初から一時間で帰るつもりだったのだなと、敦は今さらのように満枝が急ピッチだった理由を察した。

「おい、見送りなさいよ、敦」

「はいはい」

唇をとがらせて再度催促され、敦は席を立った。三人でひとつのテーブルを囲み、先ほどからわいわいとやっていた。

「私も見送るわ」

あわてて純子も立ちあがろうとした。だが満枝は、純子には片手をあげてかぶりを振る。

「いいのいいの。純子さんは座ってて。純子さんに見送ってもらえるほど大物じゃないから、私。ほら見送れ、小物」

「そういうヒエラルキーかよ」

「あはは、少なくともこの業界的にはね。純子さん、また」

帰り支度をととのえた満枝は、赤く火照った顔に笑みを浮かべ、純子にヒラヒラと手を振った。

「う、うん。気をつけて」

「気をつけてもなにも帰りもタクシーだし。あはは。じゃあね」

おどけて言うと、満枝は店の玄関に向かう。

敦は純子に目礼し、満枝を追いかけた。

外に出る。

ありがとうございますというスタッフの元気な声が背中から聞こえた。まださほど遅い時間ではないため、駅前の通りにはそれなりのにぎわいがある。

「満枝さん、今日はわざわざ——」

「はい、これ」

礼を言おうとすると、満枝はぶっきらぼうに、敦に封筒を押しつけた。

「……なにこれ」

「今夜の私の分。純子さんはいらないって言うけど、私、けっこう飲んだり食べたりしたしさ。渡しておいて」

「あっ……う、うん」

自分ではなく純子にということなので、断る理由はまったくない。敦はうなずき、封筒を受け取る。

「あとこれ。はい」

すると、つづいて満枝は二つ目の封筒を取りだし、敦に渡そうとした。

「これは……」

「ご祝儀」

「は？」

「敦に。堅気の世界に戻るお祝い」

「堅気の世界って……いやいや、これは受け取れない」

敦はかぶりを振り、二つ目の封筒を返そうとした。

「いいから。何て言うの……まあ、お礼と言えば、お礼」

「……お礼？」

「気持ちよくしてもらえたしさ。あと……女将さんとも、またやりとりできるようになったし」

「あ……」

たしかにそのようだ。

布由子からも連絡があり、交流が復活したという話は聞いた。

「だから、そんなこんなの気持ちも入ってる。ほら、受け取れ」

満枝は照れくさそうに言うと、強引に二つ目の封筒も押しつけた。

「あ、ありがとう。でも俺こそ、満枝さんにはいろいろ――」

「ああ、それと」

「わたたっ」

満枝は肩でも組むように、敦に密着した。周囲にはひと目があったが、満枝は平気の平左である。

「……『このまま帰したくありません』って言うんだよ」

「……はっ？」

ヒソヒソと言われ、敦は眉をひそめた。

「だぁかぁら。ここがお開きになっても、そのまま帰しちゃだめってこと」

「なんで」

「知るかそこまで。ていうか、知ってても言うか、ばか」

「あたっ」

ポンと平手で軽く頭を張られた。

敦は頭を押さえ、顔をしかめて満枝を見る。

「あはは。じゃあね。元気で」

「あ……ありがとう、満枝さん、ほんとに」

「やめてよ、これが永遠の別れでもあるまいし。いつかまた会えるって」

「う、うん。満枝さんも元気で」

満枝は後ろ向きで遠ざかりながら、敦に手を振った。

前を向こうとしたその目に、キラリと光るものが見えた気がしたのは錯覚だったろうか。

「……本当にありがとう」

駅前のタクシー乗り場に急ぐ後ろ姿に、敦は礼を言った。

「ていうか……『このまま帰したくありません』って……」

満枝からもらった置き土産に、敦はあらためて動揺した。それはつまりこの夜の奥に、温かく潤むほの暗い時間が待っているということか。

「まさか……」

いくらなんでもできすぎではと、さすがにいぶかった。

満枝は一度も振りかえることなく、駅前のロータリーに消えた。

3

「今日は、あ、ありがとうございました」

純子と店を出たのは、満枝を見送ってから一時間半ほど経ったころ。人通りは少なくなり、ネオンサインの明かりも少なくなっている。

「ううん、とんでもない。こちらこそ、いろいろとありがとう」

ロータリーに向かって歩きながら、はにかんだように純子は言った。

酒はあまり強くないという未亡人は、あまり酒を口にしなかった。

いつものように、あまりしゃべらない。

口数が多かったのは、圧倒的に敦のほう。いつにも増して饒舌だったのは、純子に注がれ、有頂天で飲んだ日本酒のせいもあったろう。

(これでよかったんだ、これで)

ことここに至るあれこれを思いだし、敦は心中で思う。

愛しいこの人と今日でお別れだと思うと、胸を締めつけられるような思いがした。

だが食文化を愛する人間のひとりとして、やはりいい加減なまねはできない。

もっと一所懸命生きようと、敦は純子に感謝しつつ思っていた……。


せっかくの純子の誘いを受けなかったのは、いろいろと考えた末のことだ。

ひょっとして自分は、今の暮らしから逃げだしたいだけではないのか。サラリーマンの生活がいやなばかりに、食の世界に逃避しておのれを正当化したいだけではあるまいか。

ふとそう気づき、どんな食べ物屋がやりたいのかすら定まっていないのに、脱サラしたいだなんて甘いにもほどがあると気づいた。

もちろんいつの日か、独立開業の道に進みたいという夢はある。

それを捨てたわけではなかった。

だが今の自分には、純子のそばにいられる権利はないと敦は話した。

純子のことを尊敬し、ひとりの女性としても魅力を感じているからこそ、中途半端なことはしたくない。

今いる場所でもうちょっとがんばり、本当に、純子のもとで働ける資格ができたと思えたら、もう一度門戸をたたかせてもらいたいと、あの日敦は純子に懇願した。

純子はそんな敦の気持ちを受け入れ、その日が来たら連絡をちょうだいと言ってくれたのである。

「それじゃ。元気でね、敦くん」

タクシー乗り場まで来た。

いよいよ別れの時だ。

ＪＲ駅の入口は、タクシー乗り場の少し先にある。

「は、はい、お世話になりました。あねさんも、お元気で」

敦は折り目正しく挨拶をする。

だが、その実彼はずっと迷っていた。

――『このまま帰したくありません』って言うんだよ。

頭の中には満枝からされた、淫靡なアドバイスの声がずっと響いている。

(ど、どうする……どうするつもりだ、おい！)

「うん、じゃあまた」

純子は楚々とした笑みとともに会釈を返してくる。

(じゃあまたって言ってるぞ、おい、敦！)

タクシーはすでにドアを開け、純子が乗車するのを待っていた。

純子は名残惜しそうになにか言いかけたものの、結局、言葉にしなかった。困ったように笑うと、敦に手を振ってタクシーに乗ろうとする。

「あ、あのっ！」

今このときを逃したら、もう二度とこんな機会は自分の人生にはないのではないかと敦は思った。

自分には、恐れ多い話だとは思いながらも。

「えっ……」

突然すっとんきょうな声をあげられ、純子は驚いて固まった。敦は純子に駆けより、かがみこんでタクシーの運転手に言う。

「すみません。この人、乗りません」

「えっ……」

初老の運転手は敦を見てきょとんとした。敦はドライバーに会釈をすると、純子の手を取り、タクシーのそばを足早に離れる。

「ちょ……あ、敦くん……」

——このまま帰したくありませんって言うんだよ。

頭の中に、満枝の言葉がぐわんぐわんと反響した。

(くっ……)

「どうしたの、敦くん。あの。どうしてタクシー……」

とまどった様子で、純子は問いかけてくる。駅の入口へとつづく闇の中で、ぎこちなく向きあった。

「あ、あねさん」

敦はようやく純子を呼ぶ。

その声は無様に震え、うわずり気味だ。

敦はあらためて確信した。

自分は本当に、この人を真剣に思っていると。万が一断られでもしたら、一巻の終わりだと心から緊張していると。

「……えっ？」

「っ……ぅ……」

「あの、敦く――」

「こ……このまま帰したくありません！」

絞りだすように、敦は言った。

「――っ。あ、敦くん……」

まさに、不意を突かれたかのよう。純子は目を見開いた。

「あ、あねさん」

「きゃっ」

このまま逃げられることだけは避けたかった。敦は反射的に、人目もはばからず愛しい女師匠をかき抱く。

「敦くん!?　ちょっと……人が……」

純子は恥じらい、人目を気にしてもがく。だが敦は、もう見知らぬ他人のことまで気にしていられない。

「あねさん、待っていてもらえますか」

心からの想いを言葉にした。

「えっ……」

「こんな情けない弟子候補ですが……いつか胸を張って、本当に弟子入りできる日まで……ばかな男を、待っていてもらえますか」

「敦くん……」

敦の言葉を聞き、純子に変化があった。彼の腕の中で困惑したように身をよじっていたはずが、いつしか動きを止める。

純子からも、敦の背中にそっと手が回る。

(ああ……)

しばらくふたりは、無言で互いを抱きしめあった。

「言えなかったこと、言うわね……」

やがて、恥ずかしそうに純子は言った。

あって」

「そんなに長いこと会わなかったわけでもないのに……不思議なぐらい、成長したな

「……あねさん？」

そう言うと、純子は敦を見た。

「私も……もう少しがんばってみる」

誓うように、微笑みながら純子は言った。

「夫が亡くなってからいろいろあって、正直心が折れかかっていたけど……私も、もっともっと成長しないと。生きるって、修業よね。それに気づかせてくれたのは、敦くん……」

「あっ……んっ――」

……チュッ。

（ああ……）

もしかしたら夢を見ているのではないか。

そう思わずにはいられなかった。

つい今し方まで人目を気にしていた未亡人は、自らつま先立ちになり、敦に肉厚のくちびるを重ねた。

甘酸っぱい感激にかられ、敦はつい、泣きそうになった。

4

満枝のアドバイスがあって本当によかったと敦は思った。でなければ、今夜は絶対、こんな展開にはなっていない。

「あねさん……んっんっ……」

「敦くん、は、恥ずかしい……んああ……」

レースのカーテンの向こうには、夜空に輝く星々のように、家々の明かりがまたたいていた。

敦と純子は、チェックインしたビジネスホテルのダブルベッドで、駅前のキスのつづきをした。

八階ほどの高さのホテルは、先ほどまでいた街とは車で十分ほどの距離にあった。電話で予約をすませると、敦と純子はタクシーに乗ってここまで来た。

連れてきてくれたのは、一度は乗車を断った例のタクシーだ。

初老のドライバーは終始ニマニマと、からかうように、祝福するように、バックミラーから敦を見てウィンクをした。

フロントでキーを渡されたのは、高層階の一室。

よけいな装飾はなにひとつない、シンプルの極みのようなホテルだが、はっきり言ってベッドとシャワーしか、今のふたりにはいらなかった。

「ああ、あねさん……」

交代でシャワーを浴び、どちらも白いバスローブ姿になっている。

とろけるような接吻で頭をしびれさせた敦は、純子に覆いかぶさり、未亡人のバスローブを左右にかき開いた。

「きゃっ」

——ブルルンッ！

「ああ、すごい」

「いやあ……」

中から飛びだしたのは、まごうかたなき魅惑の巨乳。Gカップ、九十五センチはあるだろう。

大迫力のおっぱいがふたつそろって房を震わせ、バスローブに寄せられてふにゅりとひしゃげる。

きめ細やかな、色白美肌の熟女であった。明かりを消した闇の中に露出した肌は、うっすらと汗の微粒をきらめかせる。

「おお、あねさん、エロい……この乳輪、エロいです！」

「い、いや。そんなこと言わないで。あぁン、恥ずかしい……」

「隠さないで」

「ハアァ……」

敦の感想に恥じらって、熟女はおっぱいを隠そうとした。だが敦は許さない。未亡人の手を取り、万歳の格好にあげさせる。

(すごい)

思わずぐびっと唾を呑んだ。はじめて目にするおっぱいは、ただ小玉スイカのように大きいだけではない。

頂を彩るのは意外や意外、三センチほどはあるデカ乳輪だ。しかもこのデカ乳輪はただ大きいだけではない。

色合いは、西洋美女を思わせるあでやかなピンク色。白い乳肌から鏡餅のように一段こんもりと盛りあがり、中央からサクランボのような乳首を飛びださせている。

(乳首もいやらしい)

敦は感激した。

熟女の乳首は標準よりもやや長い。もしかして、毎夜のように夫にいじくり倒され、開発されたがゆえの長さだろうか。

こういう乳首は感度がいいと聞いたことがある。

果たして熟女はどうだろう。

「あねさん……」

万感の思いで身体をしびれさせ、敦は口から舌を飛びださせた。

……れろん。

「きゃあああ」

……ビクン、ビクン。

(おおおっ！)

ただ舌で乳首をひと舐めしただけなのに、熟女の反応は過敏だった。いつも淑やかな人にも似合わぬとり乱した悲鳴をあげ、派手に痙攣する。

へたをしたら、敦はその身体からすべり落ちてしまいそうだった。

(やっぱり、すごい敏感だ！)

「ああ、あねさん。信じられない。あこがれの人に、俺……ほんとにこんなことができている」

心からの想いを言葉にし、敦はもう一度、長い乳首を舌で舐める。

……ねろん、ねろねろ。

「あああ。だ、だめ。恥ずかしい……いや、私ったら……」

「あねさん。あねさん、あねさん。んっんっ……」

……れろれろ。れろれろれろれろ。

「ハアァン。いやあ、恥ずかしい。ビクビクしちゃう……違うの、これは……ああ、これは……」

……ビクン、ビクン、ビクン。

(本当にすごい)

右の乳首から左の乳首。もう一度右へ、また左へと、舐める乳首をせわしなく変え、どちらの乳の頂も唾液でベチョベチョにした。

期待したとおり、熟女はかなり敏感だ。

甘味処で出逢ったオババの孫娘、優美もけっこうな敏感体質だったが、純子もそれに負けていないのではないだろうか。

「あねさん、はぁはぁ……俺、すごく興奮しちゃって。ああ、あねさんのオマ×コが見たいです」

「きゃっ。いやいやいや。あああ……」

声を震わせて言うや、敦は熟女の女体を下降した。脱がせかけたバスローブが、汗ばむ三十三歳の女体にまつわりついている。敦は白いバスローブをつかむと、今度は股間のあたりをガバッと開いた。

「うおおおおっ！」

「あぁン、いやあ、恥ずかしい。見ないで。見ないでえぇ」

抵抗の激しさは、乳を露出されたとき以上。熟女は身をよじり、敦の目からもっとも大事な部分を隠そうとする。

そんな未亡人の恥じらいぶりに、敦はいっそう燃えた。相手は敬愛する師匠なのに、今このときばかりは一匹の牡として、ぜがひでも征服したくなる。

「ああ、あねさん」

「きゃあああ」

暴れる未亡人の両足首をつかみ、おしめを替える赤ん坊のように、むちむちした女体を二つ折りにした。

「いや。いやいや、こんなかっこ。ハアァ……」

まさかこんなことをされるとは思いもしなかったのか。純子は悲鳴をあげ、さらに激しく女体を跳ね踊らせようとする。

（おおおっ……！）

だがもう敦は、いやらしいそこをばっちりと見てしまっていた。もっと見たいと思うがため、つかんだ足を容赦なく大胆なV字に開かせる。

「いやあああ」

開かせた股の間から美貌を引きつらせた純子の小顔と、たぷたぷと揺れるおっぱいが見えた。

そしてもちろん、股間の眺めも完全にさらされる。

「おお、すごい……あねさん……こんなにもマ×毛……！」

デカ乳輪もそうだったが、清楚な未亡人の肉体のパーツは、どこもかしこもサプライズとも言える意外性に満ちていた。

目の当たりにしたヴィーナスの丘の眺めに、敦は恍惚として息すらできない。

剛毛。

そう。これはもう剛毛というしかない、とんでもない毛の量だ。ふかしたての肉まんを思わせるふっくらとした肉土手に、信じられないほどの陰毛がもっさりと生えていた。

黒い縮れ毛があちこちで縮れた毛先を飛びださせる。

その様は、マングローブの森とでも形容したくなるほどの豪快さを感じさせた。

いつでも楚々としたたたずまいで、弱々しく笑うこの人の股のつけ根に、よもやこのような茂みがあろうとは。

想像もしなかったギャップに、敦はさらに息づまる気分になる。

「おお、あねさん。あねさん」

理性が完全に砕けちったのを、敦は感じた。V字に開かせていた脚を、M字開脚の体勢に変える。体重を乗せて圧迫すると、敦は剛毛の下に生息する未亡人の淫肉にかぶりついた。

「あああああ」

……ビクン、ビクン。

「おお、あねさん……」

あたりをつけ、飛びださせた舌でワレメを抉った途端であった。純子は嬌声をあげ、背すじを海老反らせると、アクメに吹っ飛んだ。

「うああ、だ、だめ……恥ずかしい。感じてしまうの……昔はこんなじゃなかったのよ、でも……」

「旦那さんに、こういう身体にされたんですね。はぁはぁ……ああ、あねさん。俺、メチャメチャ興奮しちゃいます！」

……ピチャピチャ、れろれろれろ。

敦はなおも、女陰に舌の責めをくり出す。

純子の局所は、小さな蓮の花のような恥裂を熱っぽい闇に見せつけた。陰毛が豪快な分、恥じらいに満ちた風情を感じさせる女陰との落差が鮮烈だ。

「あねさん。んっんっ……」

「うああ。あああああ。そんなに舐めたら……そんなに舐めたら、だめだめだめ。恥ずかしい、恥ずかしい。うあああああっ！」

……ビクン、ビクビク、ビクン。

「おお、エロい……」

「ああ……」

未亡人はまたも恍惚の絶頂に突きぬけた。

解放してやると、右へ左へと身をよじり、強い電撃に酩酊する。

頭が早くも白濁してしまったのか、意識を失いかけたようになっては、あわててハッとした顔つきに戻る。

「い、いや、恥ずかしい……どうしよう、私、ほんとにこういうの、久しぶりで」

「あねさん……」

純子の媚肉は、すでにねっとりと卑猥な粘りを帯びていた。

もう我慢できない——敦は思った。未亡人にまつわりつくバスローブをむしりとり、床に放る。

自らも裸になり、敦は挿入の態勢に入った。

5

「——ひっ。敦くん……」

純子の反応も、他の美女たちと同じである。敦の股間からにょきりとそそり立つ圧巻の巨根に目を見開き、あわてて顔をそむける。

彼女の頬がさらに朱色を強くしていく。愛しいこの人にこんな反応を示してもらうことができ、敦は幸せな気持ちになる。

「あねさん、もう俺、限界です。挿《い》れてもいいですか」

甘えるように言い、未亡人に覆いかぶさった。

熟女の裸身はすでに汗で濡れている。無数の微粒がキラキラと、熟れた女体のあちらこちらで光っていた。

汗ですべる裸身に身体を重ね、自分の股間に手をやる。男根をとり、当たりをつけて鈴口を、クチュッとワレメに押しつけた。

「アハァァ、あ、敦くん。敦くん」

「いいですか、挿れてもいいですか」

「うああ……」

亀頭を膣穴に擦りつけただけで、熟女は早くも気もそぞろ。

そんな自分に気がついて恥ずかしそうにするものの、火が点いてしまった熟れ女体は、いかな純子でもどうにもならない。

「あねさん、いいですか」

「い、挿れて。敦くん、挿れて」

やがて、とうとう純子は言った。

自ら腰をくねらせ、敦の亀頭に膣穴を押しつける。

……グチョ。ニチャ。

（おおお……）

未亡人の卑猥な動きのせいで、性器が擦れる部分から艶めかしい汁音がした。

「あねさん。ああ、あねさん！」

――ヌプヌプヌプヌプッ！

「うあああぁ」

純子へのせつない想いが媚薬となり、突きだした腰に獰猛さが混じった。

一息にペニスを突き立てるや、子宮に亀頭が食いこんで、純子はあられもない嬌声をあげる。

「あう、あう。あう、あう、あう……」

「あねさん……」

文字どおり巨根の一撃で、敦は愛しい人を女の天国に突きあげた。獣の本能に負けた美熟女はもう恥じらうことも忘れ、白目を剝きかけたいやらしい顔で、何度も何度も痙攣する。

「はぁはぁ……あ、あねさん。気持ちいいですか。俺のチ×ポで、何度も気持ちよくさせてあげますね！」

「――ひはっ」

……バツン、バツン。

「うああ。あああああ。あっあっあっ。あ、敦くん。いやあ、すごい奥まで……奥までち×ちんが。ち×ちんがあ。あああああ」

「はぁはぁ。はぁはぁはぁ」

いよいよ敦は腰をしゃくり、愛しい熟女の膣内でペニスをピストンしはじめた。

（ああ、気持ちいい）

このところ、いろいろな美女の膣に肉棒を挿れては、いい思いをたくさんしてきた。そして、どの人の女陰にもそれぞれ格別のよさがあった。

だがそれはそれとして、愛しい人が自分のために捧げてくれた淫肉の気持ちよさは、やはり特別だ。

熟女の蜜肉はただでさえ極上クラスだが、敦の想いも相まって、牝洞の快さはいささか危険なほどである。

猛る極太を迎えた胎路は、かなり狭隘だ。たっぷりの潤みがあるおかげでなんとか奥まで飛びこめたが、そうした潤滑油がなければ、挿入は困難なのではないかと思うほど狭苦しい。

しかも純子の肉壺は、ただ狭いだけでなく波打つ動きで蠢動した。根もとから亀頭まで断続的に甘締めしては解放され、敦はたまらずゾクゾクと歓喜の鳥肌を背すじに立てる。

だが、気持ちいいのは純子も同様のようだ。

「あああ。うあああ。すごい。は、恥ずかしい、恥ずかしい……恥ずかしいけど……引っかかるの、敦くん。すごく、すごくアソコに引っかかって。あああああ」

「あねさん……」

純子もまた敦自慢のカリ首の出っ張りに、うろたえながらも快感をおぼえている。

くなくなと、休むことなく汗みずくの身体をくねらせた。

気づけば未亡人も敦にあわせて腰をしゃくり、自分からも牝ヒダを肉傘に擦りつけてくる。

「ああン。うあああああ」

(ああ、いやらしい)

清楚な未亡人のはしたない様に、敦はさらに鼻息を荒くした。

「アハアァ」

両手でたわわな乳房をやや乱暴に鷲づかみにする。

リズミカルな動きで膣奥深くまで亀頭を突きさしては抜きながら、もにゅもにゅと乳を揉みしだき、とがった勃起乳首に荒々しくむしゃぶりつく。

「んっあああっ。あァン、敦くん。いやン、感じちゃう。ハアアァ」

「おお、あねさん……」

「じゅ、純子って」

「……えっ」

哀切な震え声で乞われ、敦はつい動きを止めた。

「あねさ――」

「純子。純子でいいから」

「で、でも……」

「いいから呼んで。敦くん、呼んで」

「じゅ、純子さん。純子さん！」

……バツン、バツン、バツン。

「うあああ。あああああ」

(うれしい)

敦は抽送を再開し、乳を揉みながら乳首をしゃぶった。

「あぁァン、敦くん。もっと名前を呼んで。名前を呼びながらおっぱい吸って」

「お、おお、じゅ、純子さん。純子さん」

……ちゅうちゅう。ちゅぱ。ぢゅる。呼びすてでェン」

「あっあああ。呼びすてでいいから。呼びすてでいいから」

「えっ。いや、それはちょっと……」

「いいから、して。今夜だけ。今夜だけよ」

「うっ……じゅ、純子!」

(おおお……)

「ハアァン。うあああ」

言葉は魔法だ。

呼び方を変えるだけで、感じる興奮は何倍にも増す。ふたりを隔てる何層もの見えない壁が、ひとつずつ溶けてこの人のそばに、さらに心が近づいていく。

「ああ、敦くん……あ、敦……敦っ!」

「純子。純子、ああ、純子!」

ふたりは互いの裸身をかき抱き、股間を振って性器と性器を擦りつけあう。

さらに潤みを帯びた牝壺がグチュグチュ、ヌヂュヌヂュと粘着音を響かせ、敦の背中に純子の短い爪が、せつなくギリギリと食いこんでくる。

「敦。待ってるからね、敦。敦。敦」

「純子。純子、純子、純子。純子おおっ！」

「うああ。ああああああ」

――パンパンパン！　パンパンパンパンパン！

とうとう敦の抜き差しはクライマックスを迎えた。奥歯を噛みしめ、息を止め、怒濤の勢いで腰を振る。

カリ首がヒダヒダと擦れあうたび、火の粉の噴きそうな電撃が股間から全身に広がった。ひと抜きごと、ひと挿しごとに射精衝動が高まり、どんなに肛門をすぼめてももはや無駄な努力である。

（もうだめだ！）

「うああ。あっあああっ。奥イイッ。奥イイッ。奥イインッ！」

「じゅ、純子。イクッ……」

「ああ、気持ちいい。気持ちいいの。イッちゃう。イッちゃうイッちゃうイッちゃうイッちゃう。うあああっ！」

――どぴゅっ！　どぴゅどぴゅ！　びゅるる！

（ああ……）

峻烈な快美感が、熱い溶岩とともに頂点へと突きぬけた。

敦は背すじをたわめ、身体に襲いかかる激甚なエクスタシーに、ブルン、ブルブルッと思わず震える。

……ドクン、ドクン、ドクン。

陰茎の肉ポンプが狂ったように脈動し、こしらえたばかりの精液をどぴゅどぴゅと未亡人の膣奥に注ぐ。

熟女もいっしょに達したようだ。

嵐に吹き飛ばされまいとする子供のように敦にしがみつき、「うぅ、うぅ、うぅ」と艶めかしいうめき声をあげつつガクガクと痙攣する。

(あねさん)

抱きついてくる純子を、敦もあらためてかき抱いた。

純子は彼の首すじに顔を埋め、なおも裸身を痙攣させながら、オルガスムスの悦びに酩酊する。

ゆっくりと、ゆっくりと、獣の時間が終わっていく。

「あぁ、すごい……はぁはぁ……まだ精子、いっぱい……奥に……あ、温かい……んあっ、んはあぁ……」

ホテルの客室に聞こえるのは、乱れたふたりの吐息と、艶めかしい純子の声。なおも痙攣してこそいたが、純子の身体からはようやく力が抜けていく。

「あねさ……あ、いや……純……えっと……」

そんな純子を抱きすくめ、敦は照れた。

「……なんて呼んでいいか、分からないです」

「ンフフ……」

純子も照れくさそうに敦を抱きかえす。ふたりはぴたりと密着し、相手の心臓の鼓動を互いに聞く。

「いつか……また呼び捨てにさせてあげる。蕎麦職人として一人前になったら」

やがて、純子はそう言い、敦を見た。

「それまで、しっかりと修業しなさい、青年」

終章

（わっ、ほんとだ。すごい……）

商談の帰り。

コンビニエンスストアに立ちよった敦は、関東のオススメ蕎麦店を特集した雑誌に掲載されている純子の写真に目を見張った。

敦のよく知る恥じらい深い笑顔。

この人には、やはり清楚という言葉が似つかわしい。

「玉乃庵」の店内でぎこちなくポーズをとる未亡人には、ほれぼれするようなオーラがあった。自分はこの人と情を通じあわせたことがあるのだと思うと、なんとも誇らしい気持ちになる。

もっとも、それはあの晩だけのこと。今度あの人を呼びすてにできるようになるまでには、かなり時間が必要だ。

（ちょっと……電話してみようかな）

純子の載っている雑誌を、ペットボトルの緑茶などとともに買って外に出ると、敦は時間をたしかめた。

今なら店の休み時間。

電話に出てもらえる可能性が高い。

敦はドキドキしながら、コンビニの建物の隅で、純子の電話をコールした。

『……もしもし』

出た。

「あっ……えっと……あねさん、西野です」

『……敦くん？』

「は、はい。ご無沙汰しています。えっと、あねさん、見ました、例の雑誌」

『……ンフフ』

電話の向こうで、照れくさそうに未亡人は笑う。

久しぶりのトークに緊張しながらも、敦は愛しい人の声が聞けたことに、たまらない喜びをおぼえる。

「すごいですね、こんなメジャーな雑誌に取りあげられて」

『……ありがとう。みんなのおかげ。もちろん敦くんも』

「そ、そんな。俺はなにもしてません」

『……うん』

「……」

ぎこちない間ができた。

なにかしゃべらなくてはと思うも、緊張が勝って思うに任せない。

『どう、お仕事。がんばってる？』

すると、純子のほうから声が届いた。

「あ……は、はい。あの、あねさん。俺、前より営業成績、メチャメチャあがるようになってるんです」

『そうなの？　すごいじゃない』

「はい。みんなのおかげです。あ、みんなって言うのはいろいろあって……でもいちばんは、やっぱりあねさんなんですけど」

『ウフフ、私はなにも』

「こ、今度」

『……えっ？』

「今度……遊びに行ってもいいですか、あねさんの顔を見に」

勇気を出して、敦は聞いた。

「もちろん……あのときみたいなことは、もう絶対に。あ、ああいうことは、あのとき限りのことだって分かってますから」

『いいわよ、いらっしゃい』

沈黙の後、未亡人は言った。

敦は背中に翼が生えたような気持ちになる。

「いいんですか」

『もちろん。また成長した敦くんを見せに来て』

「は、はい。えっと、近ごろはですね――」

敦と未亡人の会話はつづく。

いつの日か、自分はこの人のもとに飛びこみ、一番弟子として「玉乃庵」に貢献するのだと、あらためて敦は思う。

その日はそんなに遠くない。

確実に近づいている気が、敦はした。


（了）

※本作品はフィクションです。作品内に登場する団体、
人物、地域等は実在のものとは関係ありません。

つゆだく熟女《じゅくじょ》めぐり

〈書き下ろし長編官能小説〉

2023年2月27日　初版第一刷発行

著者……………………………………………… 庵乃音人

ブックデザイン…………………橋元浩明(sowhat.Inc.)

発行人…………………………………………後藤明信

発行所……………………………………株式会社竹書房

〒102-0075　東京都千代田区三番町８－１

三番町東急ビル６F

email：info@takeshobo.co.jp

http://www.takeshobo.co.jp

印刷所……………………………中央精版印刷株式会社

竹書房ラブロマン文庫　近刊目録

※価格はすべて税込です。

好評既刊

長編官能小説
美味しい人妻ハーレム
鷹澤フブキ　著

料理人の青年は派遣料理人になるが、人妻たちから淫らに誘惑されて…!?　気鋭が描く目くるめく肉戯のエロス。

803円

長編官能小説
人妻はじめて体験
八神淳一　著

憧れの近所の喫茶店の未亡人に頼まれ、青年は常連の人妻たちの淫らな「初めて」を手伝う。俊英が描く誘惑ロマン。

803円

長編官能小説
艶めきランジェリー
美野　晶　著

女だらけの部署に出向した青年は男を興奮させる下着の開発を手伝いつつ誘惑される…。誘惑ハーレムロマン！

770円

長編官能小説
宿なし美女との夜
伊吹功二　著

アパートを運営する青年は転がり込んできた訳あり美女と次々に一夜の関係を結び…!?　快楽ハーレムエロス。

770円